네가 되어 줄게

네가 되어 줄게

1993 ↔ 2023

조 남 주 장 편 소 설

문학동네

차례

2010년생, 열네 살, 중학교 1학년. 좋아하는 건 마라탕, 네컷사진, 파스텔색 형광펜, 노래방, 회색 후드, 우리 고양이 망고, 그리고 친구들. 누군가 너는 어떤 사람이야? 하고 물으면 나는 이렇게 대답했을 것이다. 하지만 이건 어디까지나 2023년에서의 나다.

누군가 다시 묻는다면, 1980년생, 열네 살, 중학교 1학년. 좋아하는 건 안 매운 떡볶이, 아무도 없는 겨울의 분수대, 아마도 줄 맞추기, 각 잡기, 정리하기, 그리고 서태지와 이상은. 나는 이런 사람으로 일주일을 살았다. 사실 모든 건 엄마의 취향이고 받아들이기 어려운 부분이 많았지만 어쩔 수 없었다. 어느 날 눈을 뜨니 1993년에 가 있었으니까. 그것도 엄마의 어린 시절 모습으로.

도대체 어떻게 이런 일이 일어났는지 알고 싶었다. 그 비밀을 알아야 다시 2023년의 나로 돌아갈 수 있을 것 같았다. 하지만 열쇠는 '어떻게'가 아니라 '왜'에 있었다. 도대체 '왜' 우리에게 이런 일이 일어났던 걸까.

2

딸, 강윤슬, 2023

분명 금요일에 흰 맨투맨을 입겠다고 말했다. 그것도 화요일 아침부터. 절대절대 짜증 내거나 재촉하지 않고, 엄마를 뒤에서 끌어안으며 부탁했다. 그때만 해도 엄마는 귀엽다는 듯 내 코를 살짝 잡았다 놓았다.

그런데 금요일 오후, 약속 시간 30분 전에 그 맨투맨을 빨래통에서 찾았는데 기분이 좋을 수가 있나. 미간을 약간 찌푸린 건 인정. 하지만 엄마 탓을 할 마음은 없었다. 엄마가 왜 말이 없냐, 표정은 또 왜 그러냐, 계속계속 물어서 대답했을 뿐이다.

"엄마가 내 하얀 맨투맨 안 빨아 놨잖아."

엄마의 얼굴이 벌겋게 달아올랐다.

"여기가 세탁소니? 내가 이 집 가정부야?"

"물어봐서 대답한 거야. 세탁소는 뭐고 가정부는 또 뭐야?"

"빨래 안 되어 있다고 내내 짜증 내고 엄마 탓하는 거, 그게 세탁소 취급이고 가정부 취급이야."

계속 말해 봐야 싸움만 길어지지. 그냥 방으로 들어갔다. 문을 닫고 옷을 갈아입으려는데 엄마가 방문을 쾅쾅 두드렸다.

"아, 왜!"

문을 열자마자 엄마가 방 안으로 들이닥쳤다.

"엄마가 말하고 있는데 문 쾅 닫고 들어가는 거, 이거 뭐야?"

"쾅 안 했어."

"했어."

"안 했어!"

"했어!"

끝장이다. 싸움의 주제가 바뀌었다는 건 걷잡을 수 없게 되었다는 뜻이다. 캔들 위에서 살랑이던 작은 불꽃이 그 옆의 티슈와 달력으로 옮겨붙어 집 전체를 활활 태우는 꼴이랄까.

빨래 문제는 문 쾅, 으로 다시 평소 생활 태도와 식습관으로 튀었다. 결국 내가 잘못했다고 말했다. 엄마는 항상 자기가 져 주는 것처럼 말하지만, 아니다. 내가 인정하고 사과할 때까지 내 나쁜 버릇들, 예전 실수들을 끝도 없이 끄집어낸다.

"엄마는 뭐 어렸을 때 안 그랬어?"

"응. 엄마는 안 그랬어. 말대꾸하지도 대답 안 하지도 않았어. 짜증 난다고 엄마 말 듣지도 않고 문 쾅 닫고 들어가는 거 한 번도 한 적 없어."

"엄마도 했을걸? 할머니가 너그럽게 다 받아 줘서 기억을 못 하는 거야."

"할머니가 너한테나 너그럽지, 엄마한테는…… 됐다."

엄마는 나에게 할머니의 손녀가 아니라 딸로 살아 봤어야 한다고, 엄마의 어린 시절을 상상도 할 수 없을 거라고, 그 야만의 시대에서 너는 잠시도 못 견뎠을 거라고 종종 말했다.

할머니는 이모, 그러니까 엄마의 언니를 비교되게 예뻐했다고 한다. 내가 들어도 얼빠는 에피소드가 두 가지 있는데, 하나는 이모가 풀어 놓은 문제집을 엄마가 물려받은 것. 엄마는 새 학기마다 지우개로 문제집을 지워야 했다. 하지만 지워도 지워도 연필 자국이 남아 제대로 공부를 할 수가 없었단다.

나머지 하나가 진짜 대박인데, 도시락이 바뀐 적이 있었다. 엄마의 도시락 반찬 통은 언제나 모든 칸이 김치로 채워져 있었다. 배추김치, 깍두기, 파김치, 오이지 등등이 돌아가면서. 종종 가스레인지 앞에서 불고기를 볶거나 달걀말이를 만드는 할머니의 모습을 봤지만 그러려니 했다고 한다. 당연히 할아버지의 반찬인 줄 알았으니까.

그러다 하루는 점심시간에 도시락 뚜껑을 열었는데 달걀장조

림과 두부부침, 가장 작은 칸에 약간의 깍두기가 들어 있었다고 한다. 이런 날이 다 있네! 기분 좋게 밥을 먹고, 조금도 졸지 않고 오후 수업을 잘 듣고, 투스텝으로 집에 뛰어왔다.

"엄마, 엄마, 장조림 너무 맛있었어요. 저녁에도 우리 달걀장조림 먹어요!"

신난 엄마가 현관문을 열며 외치자 할머니가 놀라 되물었다.

"어머, 수영이 반찬통이 거기로 갔니?"

엄마는 그 자리에 주저앉았다. 안 그러려고 했는데 눈물 콧물이 뒤섞여 콸콸콸 흘러내렸다.

이모에게 매일 다른 반찬을 싸 준 건 아니고, 진짜 아니고, 어쩌다 외할아버지가 아침도 못 먹고 나갈 때 든든한 반찬을 만들어 할아버지 도시락에 쌌는데, 그런 날도 매번은 아니고, 가끔, 정말 가끔 할아버지 반찬이 남으면 딸들의 도시락에도 담았는데, 어디까지나 나이 순서대로 큰딸 먼저 담고 다음으로 작은딸에게 담아 준 것이라는 할머니의 긴 변명이 이어졌지만 엄마는 믿을 수가 없었다.

"저는 한 번도 든든한 반찬을 먹어 본 적이 없는데요?"

"그러니까, 너한테까지 간 날이 없었던 거지, 아직은."

제가 말썽을 피운 적도 없고요, 옷이든 책이든 뭘 사 달라거나 학원을 보내 달라거나 방을 갖고 싶다고 떼쓴 적도 없잖아요. 근데 왜 저를 안 예뻐하세요?라고 묻고 싶었다. 아니야, 엄마가 우리 수일이를 얼마나 예뻐하는데. 그런 대답이 듣고 싶었다. 하지만 아무 말도 나오지 않았고, 엄마는 그대로 집을 뛰쳐나왔다.

그날 늦도록 엄마가 돌아오지 않아 난리가 났었다는 얘기는 수영 이모에게 들었다. 학교 내부를 수색하고, 친한 친구들에게 전화를 돌리고, 경찰에 실종 신고를 하고, 가족들이 목이 쉬도록 이름을 부르며 찾아다닌 끝에 동네 놀이터에서 엄마를 발견했다. 미끄럼틀 위에 널브러져 있었단다. 병원으로 옮겨진 엄마는 다음 날 오후에 깨어났다고.

그래서 깨어난 엄마는 괜찮았는지, 마음은 풀렸는지, 혼나지 않았는지 물었는데, 엄마는 기억이 안 난단다.

"그날부터 딱 일주일 동안의 기억이 싹둑 잘라 낸 것처럼 사라졌어. 내가 멀쩡히 말하고, 웃고, 밥 먹고, 학교도 가고, 할 거 다 했다는 거야. 심지어 그사이에 어처구니없는 사고를 잔뜩 쳤더라고. 근데 나는 기억이 안 나. 부분기억상실 같은 건가?"

싹둑 잘린 일주일이 팔랑팔랑 나비처럼 엄마 주변을 날아다니는 모습을 상상했다. 엄마가 아무리 두 팔을 휘둘러도 잡을 수 없다. 내가 뒤에서 살금살금 다가가면 붙잡을 수도 있을 것 같은데.

흰 맨투맨 대신 회색 후드를 입고 약속 장소로 나갔다. 오늘은 수빈이 생일이다. 치과에 들르느라 일찍 퇴근한 엄마는 내 외출 준비도 도와주고, 학원도 빼 주었다. 결국 또 싸우고 말았지만.

수빈이, 윤서, 지민이랑 마라탕 사 먹고, 핫트랙스 들러 수빈이 선물 사고, 나오는 길에 네컷사진 찍고, 수빈이 엄마가 보내 준 기프티콘으로 핫초코까지 마시고 나니 더 이상 할 일이 없었다. 생일인데 평소와 똑같은 동선이라니. 안 가던 곳, 안 하던 짓, 안 먹던 것, 뭐 하나라도 벗어나 보고 싶던 그때, 수빈이가 물었다.

"우리 노래방 갈래?"

안 가던 곳은 아니지만 수빈이랑은 많이 못 가 봤다. 수빈이 부모님은 못 하게 하는 게 많다. 노래방 금지, 카공 금지, 숏폼 시청 금지, 인스타 금지, 단톡 금지, 발색 립밤 금지……. 당연히 수빈이는 이 모든 것을 몰래 한다. 대체로 나와 함께. 문제는 수빈이네가 우리랑 같은 아파트 같은 동이라 가족 모두 얼굴을 알고, 오며 가며 인사도 나눈다는 사실이다.

엄마에게 거짓말 공범이 되어 달라고 부탁하는 일이 자꾸 생겼다. 카페 간 거 수빈이 엄마한테는 비밀, 도서관 갔다고 해 줘! 노래방 간 거 비밀, 우리 집에서 놀았다고 해 줘! 같이 유튜브 본 것도 비밀! 엄마는 비밀을 잘 지켜 주었다. 하지만 수빈이가 부모님을 속이고 있다는 게 영 못마땅한 모양이었다.

"수빈이는 자꾸 거짓말하지 말고 허락을 받으면 안 돼?"

아, 답답한 소리.

"허락을 안 해 주니까 그렇지."

"속이니까 허락을 안 해 주지."

"못 하게 하니까 속이는 거야."

"설마, 너도 엄마한테 말 안 하는 거 있어?"

또 또! 얘기가 왜 또 이런 식으로 전개되는 거지? 말문이 막혔다.

"진짜 뭐 있는 거야? 뭔데? 말을 해 줘야 엄마가 도울 수 있어. 알지?"

잘 모르겠다. 엄마가 나를 가르치고 도와주고 잘 키우는 것 말고, 나를 좋아해 줬으면 좋겠다.

엄마는 책상이 지저분한 것, 외출복 그대로 침대에 들어가는 것, 아침에 가방 챙기는 것, 보이스톡 오래 하는 것, 회색 후드 계속 사는 것, 아무튼 내 습관과 일상과 생각까지도 다 마음에 안 들어 한다. 무엇보다 나를 생각 없는 아이로 아는 것 같다. 뭐든 목표를 가지고 악착같이 해 보란다. 나는 지금 열심히 즐겁게 지내고 있는데 대체 뭘 어떻게 해야 악착같은 걸까.

"노래방 갈까?"

수빈이가 다시 물었고 지민이가 제일 먼저 나는 가능! 하고 대답했다. 지민이는 미리 얘기만 하면 어딜 가든, 몇 시에 들어가든 상관없다. 윤서도 오케이 했고, 낭연히 나도 빠질 수 없다. 엄마에게 '늦을 듯. 노래방 갔다가 들어감'이라고 문자를 보내 놓고 휴대폰을 가방 깊숙이 던져 넣었다.

딱 30분만 부르고 나오려 했는데 너무 신나 버렸다. 특히 수빈이가. 처음부터 계획한 일이 아닌가 싶을 정도로 수빈이 지갑에서 천 원짜리가 계속 나왔다.

"노래방까지 쏘는 거야?"

"몰라, 몰라. 나 지금 기분 좋으니까 그런 거 묻지 마!"

수빈이가 이렇게 즐겁다는데 내가 가만있을 수 없지. 나는 영상 남기기를 좋아하는 수빈이의 폰을 집어 들었다. 인기가요 못지않은 감각적인 무빙을 보여 주겠어. 수빈이, 지민이, 윤서가 순서대로 다가와 폰 카메라와 아이컨택하며 환호했다. 그렇게 노래 부르고 춤추고, 또 그걸 감상하느라 시간 가는 줄 몰랐다. 정말 몰랐다. 비가 오는 줄도 몰랐다. 엄마가 전화를 서른 통 넘게 한 줄도, 몰랐다.

현관에서 폭삭 젖은 운동화와 양말까지 벗어 버렸다. 캣타워에서 자고 있던 망고가 폴짝 내려와 기지개를 켰다. 내가 종종종 까치발로 걷자 망고도 총총총 내 뒤를 따라왔다. 망고만 한 번씩 애옹, 말을 걸 뿐 집은 대체로 고요했다. 바짓단에서 떨어진 물방울이 거실 바닥에 말줄임표를 찍었다.

"나 왔어! 엄마! 아빠!"

아무도 대답하지 않는다. 천천히 집 안을 둘러보는데 불 꺼진 거실에 검은 그림자가 서 있다. 헉, 놀래라. 엄마다. 팔짱을 낀 채 창밖을 보고 있다. 실루엣이 심상치 않다.

"미안. 그렇게 전화 많이 한 줄 몰랐어. 노래방 시끄럽잖아."

"노래방에서 세 시간을 있었어?"

"오늘 좀 오래 있었어. 수빈이 생일이라. 올 때 비도 엄청 많이 왔잖아. 폰을 확인 못 했어."

"그래. 갑자기 비까지 오는데, 노래방 간다는 애가 세 시간이 넘도록 오지도 않고, 전화도 안 받고! 엄마가 얼마나 걱정했는지 알아?"

"몰랐다고 하잖아. 사과하는 사람한테 왜 화부터 내?"

아무리 잘 설명해도 엄마는 화부터 낸다. 마음이 풀리는 것도 너무 오래 걸리고. 진짜 엄마랑 너무 안 맞아.

"빨래 안 해 놨다고 심통 부린 것도 너, 문 쾅 닫고 들어간 것도 너, 전화 안 받은 것도 너, 늦게 들어온 것도 너. 종일 엄마한테 못되게 군 건 넌데 왜 내가 화부터 내는 엄마가 됐는지 모르겠다. 엄마도 너한테 화내기 싫어."

"싫으면 화 안 내면 되잖아."

엄마는 한숨을 크게 내쉬며 되물었다.

"어쩜 너는 그렇게 하고 싶은 말을 다 하니?"

그럼 하고 싶은 말을 안 해?라고 말하고 싶었지만 이번에는 꾹 참고 하지 않았다. 나도 말하지 않을 때가 있다고.

뜨거운 물로 샤워하고 침대에 눕자 눈이 스르륵 감겼다. 열린 문틈으로 망고가 들어와 애옹, 하고 울었다.

"망고, 이리 와. 언니랑 같이 자자."

침대를 톡톡 두드리자 망고가 올라와 겨드랑이에 파고들었다. 고르릉고르릉 기분 좋은 진동. 망고 꼬순내. 그래, 엄마랑 좀 안 좋긴 했지만 이 정도면 괜찮은 하루였다. 창을 두드리는 빗소리가 잠잘 때 켜 놓는 ASMR 같았다. 몸이 늘어지며 망고의 진동도, 빗소리도 점점 멀어졌다. 점점, 멀, 어, 졌⋯⋯.

"강윤슬!"

엄마가 어깨를 흔들고, 놀란 망고가 헝허니 품에서 뛰어 나가는 바람에 잠이 깼다. 어, 학교! 학교 가야지!

"몇 시야? 나 지각이야?"

벌떡 일어나 앉으며 물었다.

"무슨 소리 하는 거야? 지금 금요일이야. 금요일 밤 열 시."

아, 맞다. 수빈이 생일. 완전 푹 잠들었던 모양이다. 엄마는 내 눈앞에 얼굴을 들이밀고 말했다.

"잠깐 정신 차려 봐. 엄마 지금 아빠 데리러 가. 자다 일어났는데 아무도 없으면 놀랄까 봐 깨운 거야."

"아빠? 아빠 지금 어딨는데? 엄마가 왜 데리러 가?"

"그러게나 말이다. 하필이면 이렇게 비 오는 날 술 먹고 뻗을 건 뭐야. 다들 정말 왜 이러는지. 암튼 엄마 나갔다 온다."

여기서 '다들'은 아빠와 나를 말하는 거겠지. 기분이 썩 좋지는 않지만 일단 마저 자자. 다시 풀썩 누웠다. 현관 앞 바구니에서 차 키 꺼내는 소리, 현관문이 열리고, 닫히고, 띠리릭 도어록이 잠기는 소리가 이어서 들렸다. 망고가 혼자 노는지 장난감 쥐돌이 소리가 달그락달그락 귀엽게 거실에서 울렸다.

꿈을 꾸었다.

꿈에서도 비가 내렸고, 엄마는 운전을 하고 있었다. 어두운 거리, 어두운 차 안, 빗줄기 때문에 어른거리는 차창 너머의 네온사인들. 엄마의 어깨가 잘게 떨렸다. 추운가? 그때 엄마가 오른손과 왼손으로 번갈아 눈물을 훔쳤다. 아, 우는구나. 눈물의 이유는 알 수 없지만 왠지 나까지 슬퍼졌다. 손등이 축축했다. 응? 내 손등이 젖어 있다. 응? 내 두 손이 핸들을 잡고 있다. 나는 운전석에 앉아 있다. 나는, 운전을 할 줄 모르는데? 어? 어? 어떡하지? 그때 뒤에서 뭔가가 내 몸을 통째로 통과하는 듯한 충격이 느껴졌다. 윽. 비명도 제대로 나오지 않는다.

이거, 꿈이지?

```
┌─────────────────────┐
│          3          │
│    ──────────       │
│   딸, 강윤슬, 1993    │
└─────────────────────┘
```

엉덩이가 욱신거렸다. 너무 오래 잤나. 오른쪽으로 돌아누우니 베개에서 낯익은 냄새가 났다. 아, 엄마 냄새. 기분이 좋아져 베개에 코를 묻고 킁킁 숨을 들이쉬다가 생각했다. 근데 내가 안방에서 잤던가? 무거운 눈꺼풀을 들어 올렸다. 내 또래 여자애가 나를 내려다보고 있다.

"누구세요?"

여자애는 대답도 않고 나를 한참 보다가 고개를 들어 누군가에게 말했다.

"엄마, 엄마! 수일이 일어났어요!"

모르는 아줌마가 놀란 얼굴로 다가왔다.

"어머, 수일이 깼어?"

수일이? 최수일? 설마 내가 아는 그 최수일? 상황을 미처 파악하기도 전에 두 사람은 내 얼굴을 쓰다듬고 손을 잡으며 질문을 퍼부었다. 괜찮아? 어디 아픈 데는 없고? 야, 너 거긴 왜 갔냐? 근데 너 기억상실증이야? 수일이가 기억상실증이야? 수영이 네가 그걸 어떻게 알아? 얘가 방금 나보고 누구세요, 그러던데요? 진짜? 수일아, 엄마 알아보겠어?

정신 차리자. 이럴 때일수록 정신 바짝! 일단 주변을 돌아보았다. 양옆으로는 보건실에서 봤던 커튼 칸막이. 나는 침대에 누워 있고 왼 손등에 링거 바늘이 꽂혀 있다. 드라마에서 봤던 산소 호흡기라든가 심장박동을 보여 주는 모니터는 없다. 일단 여기는 병원이고 내 상태가 심각하지는 않다는 뜻이지. 내 눈앞에 있는 저 청소년의 이름은 수영이, 그러니까 수영 이모인 모양이고 나를 수일이라고 부른다. 우리 엄마 이름이 최수일. 으하하하하하하하하.

보통의 전개라면 당황한 내가, 잠깐만요? 누구세요? 여긴 어디죠? 하면서 침대에서 일어나다가 벽에 걸린 거울을 보는 거지. 그런데 거울 속 얼굴이 내 얼굴이 아닌 거야. 얼굴을 감싸고 코와 귀와 머리카락을 당기고 꺄아아악 비명을 지르다가 또 하필 옆에 걸린 달력이 눈에 들어왔네? 2003년, 혹은 1993. 20년 전, 30년 전, 이렇게 딱 떨어지는 게 좋으니까. 뭐 그런 대혼돈의 유니버스. 하지만 나는 그렇게 호락호락한 사람이 아니다. 내 생각에 이건, 꿈이다!

영화에서 종종 봤다. 교통사고가 났다거나 번개를 맞아서 누군가와 몸이 뒤바뀌는 일, 혹은 거울이나 비밀의 문을 통해 과거로 날아가 내가 태어나지도 않았던 시대를 사는 일. 과거인 데다가 엄마의 몸이라니. 완전 복잡한 꿈이다. 자, 정신 차리고 이제 그만 일어나자. 눈을 꾹 감았다가 번쩍, 눈을 뜬, 다. 떴는데, 떠야 되는데, 그대로였다. 다시 한번 두 눈을 부릅떴지만 역시 그대로다.

할머니로 추정되는 아줌마가 간호사, 의사를 번갈아 찾으며 커튼을 열고 나갔고, 이모인 듯한 청소년이 내 이마를 짚었다.

"어디 아파?"

확실히 해야 할 것 같다. 나는 대답 대신 되물었다.

"최수영?"

그러자 청소년은 이마에서 손을 떼고 검지로 미간을 툭 밀쳤다.

"요게 아픈 척, 기억 안 나는 척 언니 이름을 막 부르네."

맞구나. 찬찬히 보니 진짜 수영 이모가 맞긴 맞다. 그런데 푸슬거리는 머릿결, 빵빵한 볼, 너저분한 눈썹, 두툼하게 부어 있는 눈두덩. 와, 이모 관리 열심히 한 거구나. 살도 많이 빠진 듯? 아무튼 지금 내가 기댈 곳은 눈앞의 최수영 학생뿐인 것 같다. 이모, 아니 언니, 아니 이모, 확인할 게 하나 더 있어.

"그럼 내가 최수일이야? 강승우의 아내이자, 아니지, 이건 아직 이모가 모르겠구나. 백화점에서 일하다가, 아니, 중3 때 갑자기 10센티가 컸다는, 아니, 이것도 아직인 것 같고……. 아, 중학생 최수일은 대체 어떻게 살았던 거야?"

"중학생 최수일은 언니한테 열라 기어오르면서 버르장머리 없게 살았지. 지금은 약간 제정신 아니시고. 강, 누구? 강승우? 너 설마 남자친구 생겼어?"

남자친구라. 그러네. 아빠는 언젠가 엄마의 남자친구였겠네. 엄마는 아빠의 여자친구였고. 둘이 데이트도 하고 막 사랑한다고 그러면서 뽀뽀도 하고 그랬겠지? 생각하며 큭큭 웃는데 이모가 또다시 검지로 내 미간을 밀쳤다. 나는 반사적으로 이모의 손가락을 붙잡았다.

"이거 폭력이야. 손대지 말고 말로 합시다. 우리 지성인이잖아?"

이모는 황당한 표정이었지만 화내지는 않았다. 그냥 나처럼 이 상황이 다 어이없는 것 같았다.

"또박또박 말하는 걸 보면 멀쩡한 것도 같고, 안 하던 소리 하는 걸 보면 어디 아픈 것도 같고."

이때다. 뭔가 이상하다고 생각할 때 그 의문을 풀어 주면서 동맹 관계로 나아가는 거다. 나는 몸을 일으켜 이모의 귀에 얼굴을 가까이 하고 말했다.

"이건 비밀인데, 이모한테만 말해 주는 거야. 사실 나는 최수일이 아니야. 나도 어떻게 된 건지는 모르겠는데, 미래에서 온 최수일의 딸인 것 같아. 근데 지금이 몇 년도야?"

이모는 천천히 뒷걸음질 쳤다. 오른쪽으로 한 번, 왼쪽으로 한 번 고개를 갸웃하더니 씩 웃으며 대답했다.

"1993년."

"역시! 예상대로야. 왠지 10년 단위로 떨어질 것 같더라고."

"10년 단위?"

"난 2023년에서 왔어. 딱 30년 후의 미래. 이렇게 되어야 계산이 쉽지."

"그 계산을 누가 하는데?"

"그건 모르지."

"네가 하겠지, 이 겁쟁이야. 그런 얄팍한 수작 부리지 않아도 돼. 엄마 아빠 화 안 났으니까. 처음엔 들어오면 가만 안 둔다더니 어두워지기 시작하니까 제발 돌아오기만 하라더라고. 너 찾고서 둘이 얼마나 울던지. 나 아빠 우는 거 처음 봤잖아."

"내가, 어디를, 갔었어?"

이모는 한숨을 길게 내쉬었다.

"작작 해라. 가출도 동네 놀이터로 하는 새가슴 주제에 웬 뻥을 이렇게 성실하게 치셔?"

동네 놀이터로 가출? 동네 놀이터에서 기절한 채로 발견되어 병원으로 옮겨졌다는 이야기. 분명히 들었던 기억이 있는데. 맞다, 엄마의 기억상실!

"도시락! 달걀장조림 도시락, 맞지?"

이모가 다급히 내 입을 틀어막았다.

"엄마 지금 되게 많이 자책하고 있어. 어제 네 옆에서 밤새웠다고. 그러니까 한 번만 넘어가 주라, 응? 집 가서 나랑 얘기하자."

그랬구나. 머릿속에서 타임라인의 공백이 채워지며 수수께끼의 매듭이 스르르 풀렸다.

1993년 겨울, 중학교 1학년이던 엄마는 도시락 사건에 충격을 받아 집을 뛰쳐나간다. 인근을 배회하다 놀이터 미끄럼틀에서 기절했고, 다행히 가족들에게 발견되어 병원으로 옮겨진다. 그리고 다음 날 오후 나로, 정확히 말하자면 몸은 엄마 몸인데 영혼이랄까 마음이랄까 그런 게 딸인 나, 강윤슬인 채로 깨어난다.

나는 엄마가 말했던 그 야만의 시대로 온 것이다. 상상도 해본 적 없던 엄마의 어린 시절, 할머니의 딸로.

그럼 2023년의 나는 어떻게 되는 거지? 1993년의 나는 이제 뭘 어떻게 해야 하지? 엄마의 영혼은 지금 어디에 있지?

4

엄마, 최수일, 2023

짙은 파란색 침대 커버, 돌고래가 그려진 하늘색 담요와 베개, 하늘색 블라인드는 절반만 내려져 있다. 윤슬이 방이다. 그런데 윤슬이는 없고 나 혼자 침대를 차지하고 누워 있다. 윤슬아, 부르는데 내 목소리가 꼭 윤슬이 목소리 같다. 그럴 리가.

"윤슬아!"

이번엔 엄마 목소리다. 갑자기 엄마가 우리 집에? 침대를 짚고 일어선 그때, 엄마가 방문을 벌컥 열고 들어와 나를 와락 안는다. 나도 엄마를 마주 안으려고 팔을 뻗었다. 하지만 딱 거기까지였다. 굳은 것처럼 팔이 더 이상 움직여지지 않고 숨은 턱 막힌다.

그리고 곧, 엄마 냄새. 나와 엄마를 둘러싼 공기가 마법처럼 내 감각을 과거로 끌고 간다. 나는 순식간에 어린 시절의 그 집, 해가 잘 들지 않던 다세대 주택 1층으로 돌아가 있다.

엄마가 외출한 어느 오후, 나는 언니와 살금살금 안방에 들어가 동그란 손잡이 가운데 버튼을 눌러 방문을 잠갔다. 장롱의 가장 오른쪽 칸을 열자 엄마 냄새가 훅, 끼쳤다. 엄마가 아끼는 옷들이 걸려 있다. 나는 얼른 엄마의 겨울 외투를 입어 본다. 엄마에게 안겨 있는 기분이다. 언니가 스카프를 매 주며 키득키득 웃었다. 나는 두 팔을 벌리고 한 바퀴 빙그르르 돌아 보인다.

"나 엄마 같아?"

내가 묻자 언니는 엄마에게 하듯 혀 짧은 소리로 말했다.

"엄마, 피아노 학원 다니고 싶어요!"

"나중에."

"맨날 나중에! 하. 진짜 엄마 같아."

어렸을 때의 엄마를 생각하면 엄마가 아닌 엄마의 흔적들이 떠오른다. 꽃무늬가 커다랬던 안방 이불, 언제나 거꾸로 세워져 있던 로션 통, 짙은 장미색 립스틱, 유자청이 찐득하게 남은 찻잔 같은 것들.

"윤슬아, 우리 윤슬이 어쩌니."

엄마 목소리에 번쩍 정신이 든다. 엄마는 여전히 나를 꼭 끌어안은 채고 나는 어색해서 어쩔 줄 모르겠다. 윤슬이는 어딨냐고 막 물으려는데, 엄마가 팔을 풀더니 눈물을 훔치며 큼큼 목소리를 가다듬고는 천천히 말했다.

"윤슬아, 놀라지 말고 들어. 엄마 지금 병원에 있어. 아빠도. 어젯밤에 사고가 있었어."

놀랐다. 무척 많이 놀랐다. 엄마가 나보고 윤슬이라는데 놀라지 않을 수가. 아무래도 엄마와 나, 둘 중 한 사람에게 문제가 생긴 것 같다. 엄마의 인지기능에 이상이 생긴 거라 해도, 내게 정신질환이 생긴 거라 해도 무슨 소리를 하는 거냐며 엄마를 당황하게 해서는 해결되지 않는다.

다른 가족들과 연락하려면 휴대폰이 필요하다. 나는 자연스럽게 안방 쪽으로 걸어가 침대맡을 확인했다. 보이지 않는다. 늘 저기 올려놓고 잤는데.

그때 꺼져 있는 안방 TV의 검은 화면이 눈에 들어왔다. 내 형체가 비치는데 뭔가 좀 이상하다. 뭐지?

걸음을 옮겨 안방 화장실로 들어갔다. 커다란 거울 앞에 딸이 서 있다. 내 딸, 깅윤슬이 서 있나. 내가 얼굴을 더듬자 거울 속의 윤슬이도 자기 얼굴을 더듬는다. 윤슬이의 눈이 점점 커지고 눈썹이 올라가고 입술이 벌어진다. 그리고 두 손으로 입을 틀어막는다. 정말, 윤슬이다.

5

딸, 강윤슬, 1993

결국 나는 최수일임을 시인했다. 내가 이상한 소리를 한다며 의사도 할머니도 퇴원시킬 생각을 하지 않았기 때문이다. 병실도 답답하고 이것저것 검사받기도 싫었다.

집으로 가는 골목들이 좁고 구불구불 복잡했다. 길 한번 잘못 들었다가는 집에 영영 못 돌아갈 것 같았다. 가파른 오르막과 계단들을 축지법이라도 쓰듯 슉슉 오르는 할머니를 놓칠까 숨을 몰아쉬며 열심히 따라갔다. 얼굴에 부딪히는 겨울바람은 차가운데 등에는 땀이 찼다. 이모는 한 발짝 뒤에서 천천히 걸어왔고, 할머니는 언덕 중간의 낡은 주택 대문 앞에 섰다. 내가 아는 할머니 집이 아닌데?

할머니는 페인트를 여러 번 덧칠한 듯한 철제 대문을 열쇠로 열고 들어가 돌계단을 두 개 올랐다. 계단참에 놓인 화분을 들춰 화분 받침에 숨겨진 열쇠 꾸러미를 꺼내더니 상단에 반투명 유리가 끼워진 알루미늄 현관문을 열었다. 보안이 엉망이군. 열쇠를 이렇게나 허술하게 숨겨 놓고 아무렇게나 막 꺼내고. 하. 게다가 현관 유리는 벽돌로 몇 번 내리치면 다 깨질 것 같다. 다들 대문 활짝 열어 놓고 살았다는 훈훈한 옛날 인심 덕분인가.

"이래도 도둑 안 들어요?"

"왜 안 들어? 미장원이랑 황씨네랑 겸이네랑 다 털렸잖아. 우리 집은 내가 가짜 열쇠를 잔뜩 묶어 놔서 진짜 열쇠를 못 찾은 거지. 황씨 아들은 다 나았나 모르겠네. 그래도 칼을 맞은 게 왼팔이라서 이제 밥도 먹고 일도 나가고 하나 보더라."

뭐? 칼? 칼을 맞았다고? 할머니, 그런 무서운 얘기를 왜 아무렇지도 않게 하시는 거죠? 이런 거구나. 엄마가 말한 야만의 시대. 덜덜 떨며 현관으로 들어서자 어둡고 좁은 거실 겸 주방이 나왔다. 뭉그적뭉그적 운동화를 벗고 니 못걸무늬가 살아 있는 마루 위로 발을 디뎠다.

"앗, 차거!"

내가 소리쳤지만 할머니는 심드렁 나를 돌아보고는 아무 반응이 없다. 내 불편함을 해결해 줄 생각이 없어 보인다. 이번에는 명치께가 시려 왔다. 이제 여기가 내 집인가. 지금부터 나는 1993년의 최수일로 살아야 하는 건가. 거실 한가운데 그대로 얼어붙은 내 어깨를 할머니가 툭툭 두드렸다.

"의사 선생님이 다 괜찮대. 좀 놀란 것뿐이니까 기억이 안 나는 건 금방 괜찮아질 거래. 너무 걱정하지 말고 들어가 쉬어."

"샤워를 좀 하고 싶은데……."

"응, 그러네. 놀이터에서 그대로 병원에 실려 갔으니까 씻고 옷도 갈아입고 해야겠다. 엄마가 온수기 켜 놓을게."

할머니는 오른쪽 방으로 들어갔고, 뒤따라 들어온 이모가 왼편의 방으로 쑥 들어갔다. 문은 두 개뿐이다. 오른쪽이 안방, 왼쪽이 이모 방이구나. 그럼 내 방은? 화장실은? 나는 이모 방문을 똑똑 두드렸다.

"미안. 내가 아직 기억이 다 안 돌아온 것 같아 그러는데, 내 방은 어디야?"

"최수일 진짜 제정신 아니네. 여기잖아. 네 방이자 내 방."

뭐? 나는 방문을 벌컥 열었다. 내 방보다도 작은데? 정면에 작은 책상 두 개가 나란히, 벽면에는 돌고래가 수면 위로 튀어 오른 순간을 담은 짙푸른 영화 포스터, 왼쪽 벽에 서랍장 하나, 그 옆에는 아마 두 사람의 것인 듯한 교복 한 벌씩과 수건 두 개. 맞아, 엄마는 혼자만의 방을 한 번도 가져 본 적이 없다고 했지. 아빠랑 각방 쓰고 싶다고 할 때마다 괜한 사랑싸움이라고 생각했는데, 진심이었던 건가.

"그런데 잠은 어디서 자?"

이모는 가구들이 놓이지 않은 남는 공간을 가리켰다. 한 사람 겨우 누울 수 있을 것 같은 공간. 설마 저기에서? 둘이? 오 마이……

"제정신 아닌 최수일을 위해 부연 설명 하자면, 저 왼쪽 책상이 네 책상, 왼쪽 교복이 네 교복, 왼쪽 수건이 네 수건, 서랍장 맨 아래 칸이 네 옷. 참고로 화장실 네 칫솔은 노란색이란다."

나는 휘청, 허우적거렸다. 이제 혼자 조용히 쉬지도 못하고, 노래도 못 따라 부르고, 보이스톡도 못 하고. 아, 어차피 폰도 없지. 무엇보다 대자로 뻗어 잘 수가 없다. 절망한 채로 서랍장 맨 아래 칸에서 갈아입을 옷을 챙겨 방을 나서는데 이모가 나를 불러 세웠다.

"수건 가져가야지."

"수건?"

"응, 왼쪽에 분홍색 수건."

"이게 무슨 수건인데?"

"네 거. 오늘 수건."

한 사람당 하루 한 장의 수건만 쓴다고 한다. 매일 아침 할머니가 수건을 한 장씩 배급하듯 주시는데, 손 씻고 세수하고 머리 감을 때마다 그 수건을 화장실에 들고 가서 쓰고 다시 방에 잘 걸어 놓고 또 쓰다가 자기 전에 빨래통에 넣어 두면 된단다. 그러

니까 썼던 수건을 빨지도 않고 종일 쓴다는 거네. 귀찮게 왔다 갔
다 들고 다니면서. 대체 왜? 수건이 없나? 아님 세탁기가 없나?
항의하려다가 그만뒀다. 이모에게 말해서 해결될 문제도 아니고.

화장실은 안방 안에 있었다. 화장실 문을 열면 바로 쪼그려 앉
는 변기. 옆 선반에는 비누와 샴푸, 치약, 칫솔들. 그리고 김장 때
할머니 집에서 본 것 같은 커다란 고무 대야와 세숫대야, 손잡이
가 긴 바가지가 바닥에 놓여 있다. 세면대가 없네. 욕조도. 샤워
부스도.

뜨거운 물로 오래오래 샤워하는 게 좋았다. 샤워를 마치고 뿌
연 증기와 함께 욕실에서 나오면 엄마는 신령님, 제 금도끼가 없
어졌어요, 라거나 너 몸에서 김 나, 삼계탕 같아, 라고 놀렸다. 그
러곤 내가 몸만 빠져나온 욕실에 들어가 물기를 닦고 목욕 용품
들을 정리하는 내내 잔소리를 했다.

"좀 아껴 쓰랬지. 온수 계속 틀어 놓지 말고. 샴푸며 린스며 바
디로션 팡팡 눌러서 다 흘려 버리지 말고. 수건은 또 하루에 몇
개씩 쓰는 거야. 부족한 게 없으니까 아까운 줄 모르고, 정말."

그때는 엄마 말을 이해할 수 없었다. 그렇다고 찬물로 샤워를
할 수는 없잖아. 펌프를 살살 누르면 잘 안 나온다고. 젖은 수건
을 또 쓰라는 건가. 그랬다. 그랬었다. 아, 엄마 보고 싶다.

6
엄마, 최수일, 2023

평온하다. 살짝 미소를 띠고 있는 것 같기도 하다. 내가 저렇게 생겼구나. 누워 있어 그런지 주름은 눈에 띄지 않는데 눈두덩이 파 놓은 것처럼 푹 꺼졌다. 나는 팔을 뻗어 내 뺨에 손바닥을 대 본다. 따뜻하고 아주 약간 끈적인다. 매일 세수하고 에센스며 로션이며 두드려 바르던 얼굴인데, 내 손에 느껴지는 내 얼굴의 감촉이 너무 낯설다.

"너무 걱정하지 마, 윤슬아. 엄마 괜찮아. 검사 다 했고 아무 이상 없대."

윤슬 아빠가 내 머리를, 물론 윤슬이인 줄 알고, 쓸면서 말했다. 등도 토닥이고 어깨도 토닥였다. 아무 이상이 없다니 다행이긴 하지만…… 윤슬이는 또 어떻게 된 걸까? 지난밤 일을 떠올려 본다. 윤슬 아빠를 데리러 갔던 비 오는 밤.

딸과는 냉전 중이고 남편은 술 취해 뻗었단다. 내 신세야. 비몽

사몽인 윤슬이에게 상황을 설명하고 돌아설 때부터 울고 싶었다. 호흡이 가빠지다 아무도 없는 엘리베이터에 오르자마자 눈물이 터지고 말았다. 엘리베이터에서도, 주차장에서도, 운전석에 앉아서도 울었다. 안 그래도 빗길인데 눈물까지 나서 뒷목이 뻐근해지도록 긴장한 상태로 운전했다. 정지 신호마다 티슈를 뽑아 눈물 콧물을 닦아 냈다. 마음을 가라앉히려 심호흡을 했다. 흡흡, 후후, 흡흡, 후후…… 두 번 들이쉬고 두 번 내쉬기. 윤슬이가 흥분하거나 울음을 그치지 못할 때면 이렇게 숨을 쉬도록 했다. 윤슬이가 지금보다 훨씬 작았을 때, 어린 윤슬이의 눈높이에 맞춰 쪼그려 마주 앉은 후 윤슬이 배에 손을 대고 호흡을 유도하다 보면 윤슬이의 분노와 흥분, 눈물이 서서히 가라앉는 것이 느껴졌다. 나도 그렇게 가라앉고 싶었다.

"300미터 앞에서 좌회전입니다. 왼쪽 첫 번째 차선을 이용하세요."

내비게이션이 친절한 목소리로 안내했다. 왼쪽 사이드미러를 확인한 후 왼쪽 방향지시등을 켜고 차선을 옮겼다. 누군가 이렇게 내가 가야 하는 방향과 남은 거리와 이동 방법을 알려 주면 좋겠다. 차창 너머는 눈이 부실 정도로 조명이 밝고 사람도 차도 많다. 또다시 울컥 서러움이 올라온 순간, 뒤에서 뭔가가 내 몸을 통과하는 듯한 충격이 느껴졌다. 반사적으로 브레이크에 올려놓은 오른발을 힘껏 디뎠다. 흡, 숨이 멎는 것 같았다.

가벼운 접촉 사고였다고 한다. 범퍼가 조금 파손됐고 트렁크 문이 살짝 찍혔나 보다. 안전벨트를 잘 매고 있었던 나는 아마 약간의 충격을 받았겠지만 외상도 내상도 없다. 하지만 기억의 마지막 순간을 떠올리자 찌릿한 통증이 몸을 흔든다.

부르르 몸을 떨자 윤슬 아빠가 내 왼손을 꼭 잡았다. 물론 윤슬이인 줄 알고. 인간아, 그렇게 이기지도 못할 술을 그렇게 퍼마시고. 욕이 목구멍까지 올라왔지만 침과 함께 꼴깍 삼켰다. 최대한 다정하고 차분한 말투로 물었다.

"아빠가 술 마셔서 엄마가 데리러 갔던 거 맞지?"

폭탄주라도 원샷한 것처럼 윤슬 아빠의 얼굴이 순식간에 시뻘게졌다.

"어, 어, 그게, 아빠가 엄마를 부른 게 아니라, 아빠 친구들이 연락을 했더라고. 아빠는 혼자 집에 가려고 했지."

"얼마나 감당 안 되게 취하셨으면 친구들이 엄마한테 전화를 했을까? 엉? 그래서 그렇게 술 마신 아빠는 잘못이 없을까?"

"잘못했지. 아빠가 잘못했지."

윤슬 아빠가 고개를 푹 숙였다. 그러고는 천천히 내 쪽을 돌아보며 물었다.

"그런데 어쩌면 윤슬이는 말하는 게 엄마랑 똑같지?"

이번에는 내 얼굴이 화끈 달아올랐다.

"딸이니까 당연히 엄마 닮지. 아빠도 닮고."

"의문형으로 한 단계 한 단계 조여들어 오는 거. 딱 엄마 화법이잖아. 너도 엄마 그 화법 아주 질린다더니."

뭐? 질려? 이것들이 아주 그냥.

"지금 그게 중요한 게 아니잖아. 그래서 엄마는 사고 현장에서 곧바로 이 병원으로 온 거고? 아빠는? 아빠는 언제 연락받았는데? 취했었다며? 기억은 나?"

"응. 할머니랑 이모가 먼저 도착했더라고. 입원도 다 시켰고. 아빠 정신 차리고 나서 이모는 집으로 갔고 할머니가 너한테 가신 거야."

"자알하는 짓이다. 정신을 차리기는 뭘 차려? 아직까지도 술 냄새가 나는데?"

"응? 잘하는 짓? 지금 아빠보고 잘하는 짓, 이라고 한 거야?"

나는 얼른 말을 바꾸었다.

"내가? 내가 언제? 아빠 술 안 깼어?"

"아, 아니야. 아빠가 잘못 들었나 봐."

이 인간이 진짜 술 안 깼나 보네. 어휴. 이제 보니 어제 나갈 때 입은 옷 그대로다. 술 냄새는 옷에서 나는 것 같기도 하다.

"아빠도 집에 가서 씻고 옷도 갈아입고 와. 여긴 내가 있을게."

"너 혼자 어떻게 있으려고 그래."

"씻고 오라면 좀, 아니, 그러니까 내 말은……."

그때 윤슬이 휴대폰이 울렸다. '♡수영 이모'에게서 온 톡이었다. 미리 보기에 '병원 갔다며? 이모 금방'까지 보인다. 언니가 금방 온다는 뜻인가.

"이모가 금방 오겠대. 방금 톡 왔어. 그러니까 아빠는 들어가서 씻고! 한숨 자고! 술도 좀 깨고!"

두 사람이 나 몰래 지긋지긋해했다는 그 조여들어 가는 화법을 쓰지 않으려고 했지만 말하다 보면 화가 치밀어 차분하게 문장을 끝맺을 수가 없었다. 떠밀다시피 윤슬 아빠를 집으로 보내 놓고 드디어 혼자만의 시간이 되었다.

하얗고 매끈한 윤슬이의 손을 내려다본다. 손가락이 길다. 우리 윤슬이는 손도 참 이쁘네. 이런 윤슬이의 봄 안에 일과 육아에 찌든 마흔넷의 멘탈이 들어 있다니. 머리가 복잡하다.

여러 가능성들을 생각해 본다. 사고가 나면서 내 몸에서 마음이 튀어나와 윤슬이의 몸을 꿰차고 들어온 건가. 그게 가능한 일인가. 만약 그렇다면 목련 봉오리처럼, 겨울딸기처럼, 봄비처럼, 아기 고양이처럼 건강하고 명랑한 윤슬이의 마음은 지금 어디에 있는 걸까. 저 어두운 잠 안에 갇혔을까. 갈 곳을 잃고 헤매고 있을까. 내 마음이 다시 내 몸으로 돌아가면 윤슬이도 다시 윤슬이로 돌아올 수 있을까.

일단 깨워 보자. 나는 몸을 숙여 잠든 내 귀에 속삭였다.

"일어나."

반응이 없다. 주위를 한번 둘러보고 약간 더 크게 말했다.

"일어나. 좀 일어나라. 다쳤어? 찢어졌어? 뼈라도 부러졌어?"

나는 여전히 옅은 미소를 띤 채, 잔다. 아주 잘 잔다. 이번에는 팔을 살짝 흔들어 봤다. 흔드는 대로 맥없이 흔들린다. 불쑥 겁이 났다. 함부로 건드렸다가 진짜 어디 부러지거나 망가지기라도 하면 안 되지 싶었다. 영화에서처럼 반투명한 내 영혼이 스르륵 윤슬이의 몸에서 나와 내 몸으로 들어가 주면 좋겠다. 나는 누워 있는 내 몸을 끌어안다시피 하여 이마와 얼굴과 가슴을 최대한 밀착시켰다. 들어가, 저 몸으로 들어가라고, 얼른.

"윤슬아!"

엄마다! 그리고 또 와락.

"아이고, 우리 윤슬이 불쌍해서 어째. 우리 수일이는 또 어째."

언제 왔는지 엄마가 나를, 물론 윤슬이인 줄 알고 또 끌어안는다. 병실 안의 모든 환자와 보호자들의 시선이 내게 모인다. 나는 이번에도 가만히 안겨 있다. 그때 마침 언니가 도착해서는 우리를 보고 눈이 동그래졌다.

"무슨 일이에요? 수일이 괜찮아요? 윤슬아, 괜찮니?"

고개를 끄덕였다. 사실이다. 수일이이자 윤슬이인 나는 지금 괜찮다. 나는 진짜 괜찮은데 내 상태와는 상관없이 엄마가 운다.

"글쎄 잠깐 나갔다 와서 봤더니 윤슬이가 제 엄마를 끌어안고 볼을 부비고……. 저 어린것이 얼마나 겁나고 무서웠으면."

아, 그런 거 아닌데. 내 영혼을 내 몸 안으로 밀어 넣기 위한 물리적인 시도였다고 말하면 믿으실…… 리가 없다. 일단 엄마를 안심시켜야 했다.

"무서워서 그런 게 아니라 체온이랑 호흡이랑 그런 거 확인하고 있었어. 엄마 금방 일어나겠지. 할머니, 나 아무렇지도 않아."

언니도 거들었다.

"그래, 엄마. 윤슬이는 이렇게 씩씩한데 엄마가 더 난리네. 어휴, 눈물 자국 좀 봐. 가서 세수도 하고 시원한 바람도 쐬고 들어와요. 나랑 윤슬이랑 여기 있을게."

그제야 엄마는 진정이 되는 듯했다. 화장실에 다녀오겠다는 엄마를 문 앞까지 배웅하고 돌아온 언니가 물었다.

"괜찮아?"

"응. 보시다시피. 드러누워 있는 사람이 걱정이지, 뭐."

내 대답에 언니가 갑자기 멈칫, 하더니 나를 빤히 들여다본다.

"강윤슬?"

"응?"

"너……? 너, 네 엄마랑 말투가 되게 비슷하구나?"

엇, 윤슬 아빠도 그랬는데. 말조심해야겠다. 최대한 강윤슬처럼 말하고 행동해야 한다.

언니랑 윤슬이는 질투가 날 정도로 죽이 척척 맞았다. 별것도 아닌 일에 같이 까르르, 같이 부르르, 또 같이 시무룩하기도 했다. 근데 나는 심드렁한 인간이라 어떻게 해야 강윤슬 같을지 모르겠다.

"내가, 뭐, 뭐 어디가 엄마 같다는 거야?"

"하긴. 강윤슬과 최수일은 전혀 다른 인간이거든. 아예 종이 다르달까. 그런데 오늘 너는 되게 수일이 같고 그렇네. 아무튼 무슨 일 있으면 이모한테 연락해. 곧장 출동할 테니까."

상황이 상황이니만큼 언니의 말이 든든하게 들렸다. 언제든지 연락해야지, 마음먹고 주머니에서 윤슬이의 휴대폰을 꺼내 보았다. 윤슬이 폰이라도 있어야 할 것 같아서 들고는 왔지만 비밀번호를 모른다. 이래 가지고는 아무 때도 연락을 못 하게 생겼다. 폰을 이리저리 만지작거리며 괜히 긴급통화 목록만 열었다 닫았다 하는데 센서에 지문이 인식되었는지 순간 화면이 열린다. 분홍빛 말랑매끈한 망고 발바닥 사진. 아, 지금 내 지문이 윤슬이 지문이겠구나.

7
딸, 강윤슬, 1993

토요일은 퇴원, 일요일은 회복을 핑계로 먹고 자기를 반복했고, 드디어, 기어이, 월요일 아침이 되었다. 집 안 구조도 가족 구성원의 특성도 금세 파악했고, 다들 아픈 애 취급을 해 주어서 집에서는 특별히 곤란하거나 어려울 게 없었다. 하지만 학교는 다르잖아. 나는 현기증이 나는 척, 할머니에게 기댔다.

"엄마, 지 옴직이니끼 너무 어지러워요. 이러디 또 쓰러디면 어떡하죠? 아무래도 오늘 하루 더 쉬는 게 좋겠죠?"

할머니는 짧게 대답했다.

"학교 가."

어떻게 괜찮냐고 한번 묻지를 않지. 떼써 볼 엄두도 나지 않았다. 터덜터덜 방으로 돌아와 벽에 걸린 교복을 내렸다.

입을 생각으로 다시 보니 교복 색깔이 진짜 심각했다. 이 탁한 황색은 뭐지? 호박죽인가? 엄마는 쿨톤이라 이런 색 안 받을 텐데. 게다가 커도 너무 컸다. 허릿단을 두 번 접었는데도 스커트가 무릎 아래까지 치렁치렁 내려왔다. 블라우스도, 조끼도, 재킷도 어른 옷을 뒤집어쓴 것 같다. 코트는 큰 데다가 무겁기까지 했다. 반대로 이모 교복은 건조기에 돌린 것처럼 몸에 쫙 붙었다. 허리 단추를 새로 달았는데도 움직이기가 불편하단다. 이 불편함을 이모는 당연하게 생각하고 있었다. 원래 교복은 1학년 때는 크게 입고, 2학년 때는 딱 맞게 입고, 3학년 때는 좀 작게 입는 거라나.

만원 버스에 꽉 끼어서 30분을 넘게 버텼다. 길은 왜 그렇게 막히던지. 가방은 또 왜 그렇게 무겁던지. 학교에 도착하기도 전에 지쳐 버렸다. 이모는 나를 교실 내 자리까지 데려다주곤 홀연히 가 버렸다. 학생이 너무 많고, 그 학생들이 모두 여학생인 교실 풍경이 낯설기 짝이 없었다. 사물함도 없네. 매일 교과서와 노트를 둘러메고 다닐 생각을 하니 더욱 피곤해 가방을 끌어안은 채로 깜빡 잠이 들었다.

"저기 창가에 자는 놈 누구야?"

웅성거리는 소음.

"최수일이요!"

"최수일? 최수일!"

음, 최수일, 우리 엄마랑 이름이 같네. 그때 뭔가가 옆구리를 쿡, 찔렀다. 짝꿍의 손가락이었다. 숨이 턱 막히고 잠이 번쩍 깨며 교탁에 서 있는 담임 선생님 추정 중년 남성과 눈이 마주쳤다.

"최수일 혹시…… 어디 아프니?"

"아네욤! 괜찮습니다! 죄송합니다아아아!"

"처음이니까 이번에는 0킬로미터. 다음에는 100킬로다, 알았지?"

0킬로? 100킬로? 몰라, 일단 알겠다고 하자.

"넵! 알겠습니다!"

"이 녀석 갑자기 왜 이렇게 씩씩해?"

쌤이 껄껄 웃었다. 아, 엄마는 이렇지 않았겠구나. 늘 조곤조곤 조목조목 낮은 톤과 안정된 속도로 말하는 엄마. 신경 써서 말해야겠다고 생각하며 눈을 내리깔고 입을 다물었다. 그때 뒷자리에서 혼짓밀치고는 조금 큰 무딜거림이 들렸나.

"최수일은 왜 봐주는 건데? 아, 짜증 나."

어깨가 움츠러들며 뒷목이 서늘해졌다. 다크한 기운. 궁금했지만 돌아볼 용기가 나지 않았다.

쌤이 조회를 끝내고 나간 후, 나는 옆자리 친구의 옷매무새를 만져 주는 척 자연스럽게 뒤집힌 이름표를 바로잡았다. '홍선진'. 헐. 선진 이모? 대박. 중학교 때부터 베프였다더니 진짜네? 자세히 보니 분위기는 조금 바뀌었지만 눈이랑 코랑 입술이 하나도 안 변했다. 내가 너무 들이댔는지 선진 이모가 몸을 뒤로 뺐다.

"왜, 왜 이래?"

"그냥 반가워서. 오랜만에 본 것처럼 엄청 반갑고 그러네, 선진아. 홍, 선, 진!"

지금은 같은 반 친구인데 이모는 무슨 이모. 선진이지. 홍선진.

"나도 반갑다. 쪽팔려서 학교 못 나올 줄 알았지. 이렇게 아무 일 없었던 것처럼 앉아 있으니 더 반갑네."

금요일에 선진 이모도 엄마 찾는 전화를 받았겠구나. 우리는 마주 보고 각기 다른 의미로 웃었다. 그러다 생각나 물었다. 0킬로니 100킬로니 하는 게 무슨 소리냐고.

"처음 듣는 사람처럼 왜 이래? 시간당 100킬로미터의 속도로 날아오라는 거잖아."

"누가?"

"네 이마가."

"어디로?"

"담임 주먹으로."

그러니까 담임 쌤이 주먹을 내밀고 있으면 학생들이 그 주먹에 이마를 꽝 부딪친다는 거다. 그게 말이 되는 일이야? 다들 미친 거? 하지만 펄쩍 뛰는 건 나뿐이고 선진 이모는 오히려 나를 이상하게 쳐다봤다.

"말만 그렇지 진짜로 100킬로 200킬로로 들이받는 것도 아닌데, 뭘. 우리는 운 좋았지. 몽둥이 안 가지고 다니는 사람 우리 담임밖에 없잖아."

"헐."

"근데 너 좀 이상해. 표정도, 말투도, 쓰는 단어들도 너 같지가 않아. 무엇보다 이 눈빛! 뭐랄까, 살짝 광기가 있어."

나는 기절해 있는 동안 충격을 받아서 성격도 변하고 말투도 변하고 변할 수 있는 건 다 변하고 기억이 드문드문하다고 대답했다. 아직 회복 중이라고 대충 둘러댔는데 순진하게도 다 믿는 눈치였다. 기절한 거랑 자는 거랑 어떻게 다른지 꼬치꼬치 묻기까지 했다. 어차피 선진 이모도 모를 거라서 두루뭉술 대답하고, 그러니 잘 도와 달라고 부탁했다.

"알았어, 알았어. 모르는 거 있으면 이 언니한테 다 물어봐."

역시 내가 알던 시원시원한 성격 그대로다. 아무튼 이제 학교에서는 선진 이모, 아니 선진이한테 딱 붙어 다녀야지.

분위기 파악이 쉽지 않았다. 쉬는 시간마다 자는 척 엎드려 곁눈질로 교실의 동태를 살폈다. '진희'라는 친구만 두 번 왔다가 내가 자는 걸 보고 돌아갔다. 최수일, 친구가 많은 타입은 아니었던 모양?

4교시가 끝나자 교실은 일사불란하게 재배치되었다. 다들 도시락통을 들고 익숙하게 점심 메이트를 찾아갔다. 몇 명은 교실을 빠져나갔고, 또 다른 반 몇 명은 우리 교실을 찾아왔다. 교실 뒤편에서 '김진희' 이름표를 단 친구가 내 자리로 와 도시락 가방을 내려놓았다. 너였구나! 날 찾아와 준 진희. 그러고 보니 엄마가 선진 이모랑 얘기할 때 언급한 적 있는 이름이다.

"괜찮아? 계속 자더라?"

진희가 물었다.

"응. 이제 멀쩡."

대답하며 가방을 열다가 깨달았다. 도시락 안 가져왔어!

안 그래도 정신없는 아침에 펑퍼짐한 교복 최대한 접고 걸어 핏을 살리고, 시간표대로 가방을 챙겨 나오는 데 내 모든 집중력과 체력을 써 버렸다. 도시락은 생각도 못 했다.

그런데 도시락이 있긴 있었나. 분명 방에서도, 주방에서도, 현관에서도 못 봤다. 이모랑 같이 등교했는데 이모도 손에 뭔가를 들고 있지는 않았다. 가방에 넣었나? 가방은 이미 책과 노트로 터질 것 같은데 도시락 들어갈 공간이 있다고? 기억을 더듬으며 망연자실 앉아 있는데, 선진이가 두 손으로 나와 진희의 팔목을 하나씩 붙잡아 일으켰다.

"일단 뛰어!"

선진이의 표정에 진정성이 있었다. 이럴 때는 따르는 거지. 나는 홀린 것처럼 냅다 달렸다. 목적지는 매점. 매점 앞에는 이미 스무 명 정도의 긴 줄과 그 절반 정도의 짧은 줄이 나란히 형성되어 있었고, 매점 뒤로도 학생들이 줄을 서 있었다. 선진이가 긴 줄로 가 서며 진희를 매점 뒤편 줄로 보냈다.

"뭐야? 뭔데? 기상 미션 같은 거야?"

"잘 자긴 했구나? 웬 기상 미션? 점심 미션이면 또 몰라. 이건 사발면 줄, 이 옆은 빵 줄. 사발면 먹을 거지?"

"응. 근데 진희가 선 줄은?"

"저긴 온수 줄. 적어도 두 개 조로 움직여야 시간 안에 먹지."

합리적이군. 선진이는 외모뿐 아니라 행동하는 것도 그대로다. 선진이가 선진 이모이던 시절, 그러니까 그때를 과거라고 해야 되니 미래리고 해야 되나, 아무튼 우리 집에 놀러 왔을 때다. 낯선 어른이 어색하고 어려워 쭈뼛쭈뼛하는 내게 짤짤 손을 흔들며 누가 먼저 인사하는 게 무슨 상관이냐고 명랑하게 말하던 모습이 기억난다. 자기 주방인 양 익숙하게 커피 내리면서 식탁 정리하고, 수납장에서 접시를 꺼내 쿠키 조금 덜고 나머지는 깔끔하게 담아 두던 모습도. 아, 근데 나 돈 있나? 교복 주머니를 뒤적였더니 백 원짜리 동전 세 개가 나왔다.

"어떡해. 나 삼백 원밖에 없어."

"삼백 원이면 됐지. 두 개 먹으려고?"

30년 전에는 사발면이 삼백 원이었구나. 불닭 같은 건 없겠지? 스트레스를 받으니 매운 게 당긴다.

"매운 거 좋아해?"

내가 묻자 선진이가 격하게 고개를 끄덕였다.

"나도. 제일 매운 걸로 먹자."

그러자 선진이가 의아한 표정을 했다.

"너 신라면도 못 먹잖아. 진짜 입맛까지 변했네."

맞다. 엄마는 매운 거 못 먹지. 그런데 혼자 못 먹고 말 것이지 꼭 매운맛은 미각이 아니라 통각이라느니, 요즘 음식들은 고유의 맛을 잃고 자극적이기만 하다느니, 식사가 아니라 자기 파괴라느니, 남의 입맛도 싹 달아나게 한다. 엄마는 매사를 분석적으로 접근하는 경향이 있다. 내 말과 행동에 대해서도 자꾸 의미와 맥락을 따진다. 엄마는 T가 분명해. MBTI를 물어봤더니 그런 거 안 믿는단다. 아무래도 INTJ인 것 같다. 선진이는 아마도…… ESFJ?

선진이의 도움으로 여유롭게 사발면 구입에 성공했다. 뜨끈뜨끈한 용기를 두 손으로 받쳐 들고 교실로 돌아왔더니 면이 딱 적당하게 붙었다. 우리는 선진이와 진희의 도시락에 내 라면을 곁들여 잘 먹었다. 그리고 5교시 내내 졸았다. 생물 쌤에게 몇 번이나 이름이 불렸고, 자다 깨다 반복했더니 더 피곤했다. 괜찮아.

학원은 안 다닌댔으니까 저녁에 자면 되지.

웬걸. 저녁에도 못 잤다. 숙제가 많아도 너무 많았다. 모든 과목 쌤이 숙제를 내줬다. 어쩜 그렇게들 배려심이 없는지. 학생들은 한 과목만 듣는 게 아니고 한 과목 숙제만 하는 게 아니잖아.

먼저 수학 교과서 사이에 끼워 놓은 프린트를 꺼냈다. 열 문제. 수학 쌤은 숙제 안 해 오면 다섯 대, 다 틀려도 되지만 풀려는 노력이 안 보여도 다섯 대, 친구 것을 베꼈다가는 보여 준 사람 베낀 사람 둘 다 열 대씩이라고 했다. 하루 열 문제가 엄청 많은 건 아니지만 기분 나빠서 하기 싫었다. 학생들을 무시하는 것도, 때린다는 말을 아무렇지 않게 하는 것도, 공포 분위기를 즐기는 듯 내내 웃는 것도 너무 싫다.

수학 과제 노트를 꺼내 그동안 엄마가 풀었던 부분을 살펴봤다. 노트는 세로로 절반을 접어 빼곡히 쓴 덕분에 낭비한 공간이 거의 없었다. 글자 크기와 간격이 일정해서 무지 노트인데도 줄 노트처럼 보였다.

필기구는 오로지 샤프 하나만 썼다. 전날의 숙제들과 구분하기 위해 자를 대고 반듯하게 구분선을 긋고, 아래에 날짜, 다음 줄에 문제, 그다음 줄부터 풀이를 적어 나갔다. 풀이 과정을 한 단계도 건너뛰지 않았다. 단순한 사칙연산까지도 꼼꼼히 적어 놓았다. 누가 봐도 엄마 스타일이다. 완전 완전.

"사람 진짜 안 변하는구나."

"네가 그런 말 하니까 웃긴다, 야. 요즘 나는 사람이 어떻게 이렇게 손바닥 뒤집듯 획 뒤집히나 되게 신기한데."

혼잣말이었는데 이모가 대뜸 대꾸했다. 이모는 멀쩡한 책상 두고 바닥에 엎드려 숙제를 하고 있었다.

"왜 거기서 숙제를 하고 그래? 허리 안 아파?"

"숙제는 원래 배 깔고 하는 거야."

"왜?"

"허리 아프니까 빨리 끝내게 되지."

그러곤 손가락을 까딱까딱하며 나를 불렀다. 나도 필통과 수학 프린트, 과제 노트를 끌어안고 이모 옆에 나란히 엎드렸다. 괜찮은데? 숙제하다 막히면 이모한테 물어봐야지. 답안지도 없고 콴다도 없어서 막막했는데.

필통에서 샤프와 자를 꺼내 엄마랑 똑같이 연습장에 한 줄을 그었다. 그 아래에 날짜를 썼는데 좀 심심해 보였다. 같은 색으로, 같은 크기와 글씨체로, 날짜와 문제와 풀이까지 써 내려가는 건 너무 안 예쁘다. 나는 샤프로 써 놓았던 날짜를 싹싹 지웠다.

필통을 뒤집어 바닥에 우르르 쏟아 보았다. 컴싸, 삼색 볼펜, 채점용 빨강 색연필, 하늘색 색연필, 분홍과 하늘색 형광펜, 끝.

하, 쓸 만한 게 너무 없다. 엄마는 내가 펜을 살 때마다 있는 걸 왜 또 사느냐고 했다. 그 색깔 있잖아. 그 종류 있잖아. 그 브랜드 있잖아. 같은 색이라도 질감과 농도가 다르고 볼펜과 젤펜이 다르고 사인펜과 네임펜이 다르고 유성과 수성이 다른 법인데.

먼저 컴싸로 날짜를 쓰고 하늘색 색연필로 테두리를 그렸다. 그 아래에 문제 번호는 삼색의 파란 볼펜으로 쓰고 역시 하늘색 색연필로 한 번 더 겹쳐 썼다. 이모가 턱을 괴고 나를 한참 보다가 물었다.

"지금 노트에 무슨 짓을 하는 거야? 너 되게 귀엽게 미쳤다?"

"나 귀여워?"

"이것 봐. 평소 같으면 미쳤다는 단어에 반응했을 텐데 오늘은 귀엽다는 단어에 반응하잖아. 확실해. 확실히 미쳤어."

"니 안 미쳤어. 그냥 내가 최수일이 아니라 최수일 딸이라서 그런 거야. 이모는 아직도 못 믿겠어?"

"정말 귀엽게 미쳤구나."

그래. 귀엽든 미쳤든 귀엽게 미쳤든 숙제부터 끝내자. 내 숙제였으면 이렇게 집에 오자마자 시작하지 않았겠지만 나는 지금 엄마로 살고 있는 거니까.

수학 숙제는 의외로 빨리 마쳤다. 킬러 문항이 하나 있긴 했지만 전반적으로 무난해서 저녁 먹기 전에 끝냈다. 모르는 단어를 조사하는 국어 숙제가 생각보다 오래 걸렸다. 종이 국어사전은 국어사전 찾는 법 배울 때 이후로 펼쳐 본 적이 없어서 너무 더 뎠다. 다음으로 생물 노트 정리하고, 음악 악보 그리고, 숙제 끝.

할 일이 없다. 폰은 없고 TV는 안방에 있고. 대체 93년의 청소년들은 뭘 하면서 시간을 보내는지. 숙제를 마친 이모도 나만큼 심심했는지 글쎄 책상에 앉아 책을 읽고 있다. 나는 책상 위의 라디오를 켰다. DJ가 청취자들이 보낸 편지를 읽어 주고 있었다. 잡음이 심하고 볼륨도 일정하지 않았다. 하지만 유튜브에서 봤던 X세대 말투와 비슷해서 반갑고 또 재밌었다. 짝사랑 사연도, 성적 고민도, 엄마와 싸우고 후회하는 것도 2023년의 내 또래들과 다르지 않았다.

나도 엄마랑 싸웠었지. 이렇게 될 줄 알았으면 늦게 들어와서 미안하다고 말할걸. 아빠가 취했다고 들었던 것 같은데 꿈이었나. 망고도 보고 싶다. 나는 다시 2023년의 강윤슬로 돌아갈 수 있을까.

설마 그냥 이대로 하루하루 살다가 어른 최수일로 자라고, 2010년에 이르러 나를 낳게 되는 건가. 말하자면 너도 너랑 똑같은 딸 낳아 키워 봐, 의 현실판 같은 인생. 그럼 엄마가 나였던 거야? 나는 내 엄마가 되는 거야? 내 딸은 나인 거야, 내 딸인 거야? 아, 이건 너무 막장이잖아!

"야, 우냐?"

이모가 나를 보고 있다. 몰랐는데 더듬어 보니 눈물이 흘러 있었다. 나는 갑자기 참을 수도 숨길 수도 없어져서 꺼억꺼억 통곡했다. 이모가 읽던 책을 덮어 놓고 내 쪽으로 돌아앉았다.

"오늘 도시락 안 가져갔다며? 아직도 마음 안 풀린 거야?"

응? 갑자기 도시락?

"아, 아니야. 도시락 진짜 까먹은 거야."

"맨날 가져가는 도시락을 어떻게 까먹냐? 나는 챙겨야지 생각 안 해도 손이 저절로 가방에 넣고 있던데."

"나는 도시락을 가지고 다니지 않았다고. 하여튼 도시락 사건은 나랑 상관없는 일이야, 이모. 아니 언니. 아니 이모. 진짜 마지막으로 한 번만 더 물을게. 내가 최수일이 아니라 최수일 딸 강윤슬이라는 말, 아직도 안 믿겨?"

이모는 슬쩍 내 눈을 피하며 대답했다.

"그래. 너는 최수일이 아니라 최수일 딸이야."

"근데 왜 전혀 신뢰하지 않는 말투지?"

"솔직히 믿지는 않으니까. 근데 그냥 그런 걸로 하려고."

"지금 나 놀려? 됐어, 말 안 해."

"놀리는 거 아닌데. 들어 봐. 두 눈으로 볼 수 없는 거 있잖아.

확실한 물증이 없는 것들. 영혼이라든가 운명이라든가 아니면 천국, 업보, 환생 같은 개념들. 그런 게 진짜 있는지 없는지 누가 확신할 수 있겠어. 하지만 있다고 생각하면 더 의미 있게, 착하게 살 수 있으니까 사람들이 마치 있는 것처럼 구는 거 아닐까. 나도 그래. 아무 근거도 없이 우기기만 하는 너를 온전히 믿을 수는 없어. 네가 그렇다니까 일단 그렇다 치고 대화를 이어 나가겠다는 거지."

내가 태어났을 때 엄마 아빠보다 더 기뻐했던 수영 이모, 엄마보다 말이 더 잘 통하는 수영 이모, 유머 코드부터 드라마나 음악, 음식 취향까지도 나와 잘 맞던 수영 이모가 끝까지 나를 믿어 주지 않으니 속상했는데, 또 이모 말이 영 틀린 것 같지는 않았다. 왜 설득이 되는 건지 의아한 와중에 이모가 들고 있는 책 제목이 눈에 들어왔다. '논리야, 놀자'.

우리는 아예 이불 깔고 형광등도 끄고 누워 본격적으로 수다를 떨었다. 주제는 당연히 내 엄마, 최수일. 나는 2023년의 최수일 씨가 어떤 사람인지, 나와 어떤 관계를 유지하고 있는지 말했다. 맨투맨 안 빨아 놨다고 투덜댄 게 너무 후회된다는 것도. 이모는 큰 동요도 없고 이렇다 할 반응도 없이 응, 그래, 그렇구나, 정도로 대꾸하며 내 얘기를 들었다. 내가 하는 말들이 사실이라고 생각하지 않아서 태연한 건가. 동생의 상상, 바람, 또는 헛소리라고 생각하면 놀랍거나 신기하기보다는 애가 대체 왜 이런 소리를 하나 싶겠지.

"있잖아, 이모. 가끔 엄마가 그랬어. '나도 내가 우리 엄마였으면 좋겠다'라고. 나는 그 말이 싫었거든. 엄마가 머리 말려 줘서, 안마해 줘서, 생선 가시 발라 줘서, 입에 딸기 넣어 줘서 막 기분 좋던 참에 그런 소리를 들으면, 뭐랄까, 팍 식는다고 해야 하나."

"엄마가 그걸 다 해 줬어? 나도 그런 엄마 있으면 좋겠다."

"그러게. 할머니 딸로 좀 살아 보니까 알겠어. 엄마 말이 무슨 뜻인지. 엄마가 어떤 마음이었을지."

손녀에게는 세상 더없이 다정한 할머니가 왜 딸에게는 무뚝뚝할까. 그때는 할머니도 너무 어렸다고, 사는 게 다들 팍팍했다고, 그 시절 부모들은 다 그랬다고 엄마는 대수롭지 않게 말했었다. 하지만 엄마는 더 어렸잖아. 투정 좀 부리지 그랬어. 이제야 나는 엄마가 답답하고 또 안쓰럽다. 그래서 생각난 김에 이모에게 문제집 건을 항의했다. 이모는 이불이 들썩 날아오를 정도로 팔다리를 휘두르며 억울해했다.

"야! 수학만 그랬잖아, 수학만! 수학은 어차피 계산하는 거니까 답 적혀 있어도 상관없는 거 아니야?"

"아닌데? 엄마가 과목을 하나하나 말하지는 않았지만 국어는 확실해. 지문에 동그라미랑 밑줄이랑 엄청 있었다고 그랬거든."

"아, 맞다. 1학년 때 중간고사였나 기말고사였나 아무튼 직접 푼 적이 있었던 것 같다. 급해서 딱 한 번, 아니 두 번인가. 몇 번 있긴 있었어. 근데 그걸 가지고 다 푼 문제집만 물려받았다고 말하는 건 너무 과장 아니냐?"

"뭐, 난 들은 그대로 얘기한 것뿐이야."

이모는 긴 한숨을 내쉬었다.

"너 진짜 뭐야? 진짜 최수일 딸이야? 아님 뻥치는 최수일이야? 미친 최수일인가?"

"믿든 안 믿든 그건 이모 선택이고, 나는 엄마랑 다르다는 것만 알아 둬."

"너만 불편한 거 아니야. 나도 연습장에 따로 푸는 거 엄청 번거롭다고. 나한테 따지지 마."

"그럼 우리 이렇게 하자. 수학 문제집은 거기다 풀어. 대신 도형 문제는 깨끗하게 남겨 두기. 사회랑 과학은 문제집에 풀지 말아 줘. 영어하고 국어가 문젠데…… 지문에 줄도 긋고 단락도 나누고 표시할 게 많으니까 할머니한테 나도 문제집 사 달라고 할래. 옆에서 이모도 내 편 들어 줘."

누워 있던 이모가 벌떡 일어나더니 머리맡 스탠드를 켰다. 스탠드 몸체를 잡아 누워 있는 내 얼굴 앞으로 전구 부분을 들이밀었다. 나는 너무 눈이 부셔 두 손으로 얼굴을 가리고 소리쳤다.

"무슨 짓이야! 눈 다치면 어쩌려고!"

"야, 손 떼 봐. 얼굴 좀 보자. 너 정말 최수일 아닌 거야?"

손은 얼굴에서 뗐지만 눈은 도저히 뜰 수가 없어 잔뜩 찡그린 채로 대답했다.

"그렇다니까! 이제껏 뭘 들은 거야?"

딸각 소리와 함께 주변이 다시 깜깜해졌고, 전구 모양의 동그란 불빛 잔상만 허공을 둥둥 떠다녔다. 옆에서 최수일인데, 최수일 맞는데, 중얼거리는 소리가 들렸다.

"그런데 말하는 것도, 생각하는 것도 전혀 최수일이 아니야."

"내년부터 문제집은 내가 말한 대로 하는 거다?"

묻는 말에는 답도 않고 이모는 내 쪽을 바라보며 다시 누웠다. 나도 이모 방향으로 고개를 돌렸는데, 이모가 창을 등지고 있어서 표정이 전혀 보이시 않았다. 동그린 머리통과 작은 어깨의 실루엣이 그림자처럼 보였다. 망고가 생각났다. 망고도 자려고 내 옆에 웅크리면 더 작고 동글동글해졌는데. 망고랑 같이 자면 꼬숩고 따숩고 부드럽다. 한 번씩 고르릉, 하면 나까지 긴장이 풀리고. 2023년으로 돌아가면 망고랑 더 많이 놀아 줘야지.

새까맣던 반투명 창에 어느새 희미한 새벽빛이 스며들었다. 나 혹시 밤새운 건가? 친구들이 언니나 동생과 얘기하다가 밤을 새웠다고 하면 궁금했다. 친구들과 미리 약속하고 거창하게 하는 파자마 파티 말고 어쩌다 보니 밤새 얘기하는 것, 얘기하다 그대로 잠드는 것, 친구가 아닌 단짝이 있는 것. 그 모든 상황이, 관계가, 감정이 궁금했었다. 이런 거였구나.

나는 왜 외동이냐고 물으면 엄마는 망고 있잖아, 했다. 하지만 망고랑은 같이 쇼핑을 다닐 수도 없고, 보드게임을 할 수도 없고, 옷을 빌려 입을 수도 없고, 무엇보다 대화가 안 되잖아. 이렇게 나란히 누워 얘기하다가 아침이 되기도 하는, 언니든 여동생이든 있으면 좋겠다. 조금 애틋한 기분으로 스르륵 잠이 들려는데 이모가 불쑥 말했다.

"한일병원. 한일병원 301호."

"응?"

"바람이 횡 불면서 네 머리카락이 날렸어. 이상하기도 하고 신기하기도 했었어. 너도 기억나지? 거긴 6인실이었고 네 침대는 칸막이랑 벽으로 사방이 막혀 있었잖아. 난방을 세게 했는지 덥고 숨이 막히더라고. 근데 너는 뒤척이지도 않고 되게 잘 자더라. 얘는 안 답답한가, 생각하는데 어디서 바람이 불어왔어. 그리고 그 순간 네가 내 쪽으로 돌아눕더니 눈을 떴어."

"바람?"

"응, 바람. 너는 그 바람을 타고 온 거 같아."

드디어 이모가 내 말을 믿게 된 걸까.

여기에 적응만 좀 되면 엄마의 일상을 유지하면서 돌아갈 방법도 찾아보려고 했다. 아무것도 안 하고 있는데 어느 날 갑자기 뿅, 2023년의 나로 돌아갈 리 없다. 가만히 기다리고만 있는 건 내 성격에 맞지도 않고. 돌아가기 위해서는 언제, 어디서, 어떻게 여기로 오게 됐는지 먼저 알아야 했다. 출구로 들어가면 입구가 나올 테니까.

"고마워. 계속 궁금했었어."

나는 지금, 여기의 사람이 아니고 내 시간, 내 자리로 돌아가야 한다. 그게 맞다. 그런데 이모도 내가 돌아가길 바라는 거라면 어쩐지 조금 서운한데.

"이모는 모든 게 원래대로 되면 좋겠어?"

"아무래도."

"그럼 그때는 내가 여기 없을 텐데?"

"대신 최수일이 돌아오겠지. 내 동생, 진짜 최수일."

아, 그렇구나. 수영 이모는 엄마보다 나를 더 좋아한다고 생각했는데, 내 착각이었나 보다. 부럽네, 자매라는 관계. 그때 이모가 덧붙였다.

"그리고 우리는 미래에서 만나자."

역시 수영 이모. 나는 이모의 새끼손가락에 내 새끼손가락을 걸었다.

"잊지 마."

"응. 기다릴게."

이모가 얼마나 나를, 그리고 엄마를 좋아하는지 알겠다. 엄마는 몰라도 나는 안다. 나는 꼭 엄마를 이모에게 돌려줄 것이다. 그리고 2023년으로 돌아가서 이모와 엄마를 다시 만날 것이다. 내가 존재하기 전부터 나를 기다려 준 사람들을.

8

엄마, 최수일, 2023

 윤슬이로 살아 내야 한다. 집에서뿐 아니라 학교와 학원에서도 윤슬이여야 한다. 윤슬이랑 친한 애들이야 얼굴도 알고 이름도 안다지만 다른 애들은 어떻게 대해야 할지 두렵다. 솔직히 공부도 걱정이다.

 윤슬이가 학원에서 풀던 수학 문제집을 펼쳤는데 하필 진도가 도형 단원이었다. 나는 학교 다닐 때도 유독 도형을 못했다. 평행사변형 안에 왜 이렇게 선을 많이 그었고, 교점은 또 왜 이렇게 많고, 선분AB, 선분BC, 선분CD, 선분AD와 AM과 AN과 AC와…… 에이 씨, 어디 길이를 구하라고?

 내가 이 문제들을 풀 수 있을까. 게다가 지금 공부가 중요한 게 아니다. 내가 왜 윤슬이 몸을 하고 있는지 알아내는 게 먼저다. 윤슬이 마음이 윤슬이 몸으로 돌아오도록 해야 한다. 병원에서 쓸 티슈와 수건을 챙기고 있는 윤슬 아빠에게 눈물로 호소했다.

"나도 엄마 옆에 있을래. 나도 병원에 있게 해 줘."

"엄마 금방 일어날 거야. 엄마 일어나면 연락할 테니까 학교 가."

"걱정돼서 어떻게 공부를 해? 수업이 귀에 들어오긴 하겠어?"

"수업 안 들어도 돼. 그냥 앉아 있어. 평소처럼 원래 그 시간에 있던 곳에 가서 앉아만 있어. 그렇게 일상을 유지해 가는 거야."

그래, 이렇게 차분하고 대범한 모습이 좋았지. 예민하고 불안한 나를 넓게 품어 줄 사람이라고 생각했다. 하지만 결혼하고 보니 혼자서만 차분하고 대범해서 일도 육아도 살림도 나만 안달복달 했다. 생각하니 또 열받네.

"관둬. 아빠는 늘 그런 식이야. 혼자만 해탈하셔서."

엇. 이것도 내가 자주 하던 말인데. 아무튼 긴 논의 끝에 출석 일수 문제도 있고 하니 학교는 나가고 학원만 한 주 쉬기로 했다.

그래서 월요일 아침 8시 20분 현재, 나는 교문을 통과하는 중이다. 이대로 돌아서서 도망치고 싶다. 보폭이 좁아지고 걸음은 느려진다. 보안관 선생님께 꾸벅 인사하자 선생님도 눈을 맞추며 알은체를 하신다.

"윤슬이 오늘 일찍 왔네?"

10분 전인데 일찍이라니. 매일 지각했던 건가. 아침마다 늦지 말라고 당부에 당부를 했는데. 그러고 보니 보안관 선생님이 이름을 알고 계신 것도 신기하다. 교문에서 자주 붙잡혀 혼난 건 아니겠지.

이번 달에는 수빈이 옆자리에 앉게 됐다고 좋아하던 게 기억났다. 수빈이 왼쪽 자리에는 남학생이 이미 앉아 있길래 오른쪽 자리로 갔다. 엉덩이를 반만 걸치고 서랍에 손을 넣어 보니 윤슬이 이름이 적힌 교과서 두 권과 다이소에서 같이 샀던 6칸 연습장이 잡혀 나온다. 안심하고 의자에 깊숙이 앉았다.

높낮이를 조절할 수 있는 책걸상이라 몸에 딱 맞았다. 매끈하고 명도가 낮은 연두색 책상은 손에도 눈에도 편안하다. 요즘 학교 참 좋아졌네, 생각하다가 움찔했다. '요즘'과 '엄마 어렸을 때'로 시작하는 말들에 윤슬이가 거의 경기를 일으키다시피 했었다. 요즘 좋아진 건 맞지. 나 어렸을 때 열악했던 것도 맞고. 물론 지금 더 복잡하고 어려워진 부분도 있겠지만.

"강윤슬, 왜 톡이랑 디엠 다 안읽씹?"

수빈이의 발랄한 목소리에 정신이 번쩍 들었다.

"미안. 집에 일이 좀 있었어."

"들어 보고 사과 받아 줄지 말지 결정할게."

미안해, 하면 괜찮아, 하는 게 보편적인 대화 아닌가. 하여간 관용구라는 게 없는 애들이다. 어디서부터 어디까지 말해야 할까.

"엄마가 운전하다가 뒤차에 받혔어. 많이 다친 건 아닌데 아직 입원 중이야. 정신이 없었어."

"헉! 엄마 괜찮으셔? 너는? 너도 많이 놀랐지?"

그러곤 수빈이가 와락 끌어안는다. 지금 나는 윤슬이도 아니고, 내가 입원해 있는 게 진짜 문제도 아니다. 그런데 나는 아이처럼 그 포옹에 녹아든다. 혼자 전전긍긍했던 마음을 수빈이가 알아주는 것 같다.

"힘내! 파이팅!"

내 복잡한 마음도 모르고 수빈이는 해사하게 웃으며 두 주먹을 쥐어 보인다. 잠깐 망설이다 나도 주먹을 쥐어 보았다. 그래, 파이팅이다. 윤슬이 주변도, 병원에 누워 있는 나도 다시 살펴보는 거야. 맞아, 사고 났던 곳에도 한번 가 봐야지. 어쩌면 그곳에 해답이 있을지 모른다.

왜 하필 윤슬이가 됐을까. 종종 윤슬이에게 '나도 내가 우리 엄마였으면 좋겠다'고 했다. 윤슬이가 되고 싶었던 건 아니고, 말 그대로 나에게도 나 같은 엄마가 있었으면 좋겠다는 뜻이었다. 이런 말 조금 낯 뜨겁지만.

내가 완벽한 엄마라고 생각하지 않는다. 훌륭한 엄마도 아닌 것 같다. 하지만 내 몸과 마음과 시간을 최대한 윤슬이에게 맞춰 온 것은 사실이다. 한 번도 공개수업을 빠진 적이 없다. 퇴근하면 가방을 던져 놓고 윤슬이부터 안아 주었고, 아무리 졸려도 윤슬이 아침 국은 끓여 놓고 잤다. 그리고 휴대폰에서 쉼 없이 울리는 알람들. 윤슬 수학 학원 결제, 윤슬 영어 상담, 윤슬 독감예방 접종, 윤슬 치과, 윤슬 비타민, 윤슬 잡지 재구독, 윤슬 속옷 구입…….

나는 윤슬이에게 사랑을 주려 애쓰고, 동시에 엄마의 사랑을 받는 윤슬이를 질투하고, 그러면서도 내 노력을 멈추지 못했다. 사랑받는 일이 당연한 윤슬이가 부럽고 궁금했다. 그 마음을 어떻게 설명할 수 있을까. 아무래도 내 이상한 마음이 이 이상한 상황을 초래한 것 같다.

"자, 이제 디벗 꺼내서 수업 과제 시작하세요."

멍하니 생각에 빠져 있는데 중국어 선생님이 교탁을 똑똑 두드린 후 말했다. 디벗? 학교에서 나눠 주었다던 그 테블릿 PC? 디지털 시대에 디지털 기기 수업이 당연하지만 윤슬이는 이미 자기 스마트폰도 있고, 집에 노트북도 있고, TV도 스마트 TV라 종일 유튜브와 카톡, 인스타, 온갖 앱에 빠져 사는데 태블릿 PC가 또 생긴다는 게 달갑지는 않았다. 그래, 이번 기회에 윤슬이가 디벗을 어떻게 쓰고 있는지 구경 좀 해야겠다.

전원 버튼을 눌러 놓고 부팅되기를 기다리는데 괜히 심장이 두근거렸다. 그리고 드디어! 화면 가운데에 암호 입력창이 떴다. 이런. 윤슬이는 어떤 글자와 숫자들로 암호를 만들었을까. 고민하는 동안 반 아이들은 이미 과제를 시작했다. 중국어를 읽는 과제인지 교실이 소란해졌다. 선생님은 책상 사이를 지나며 학생들의 질문에 대답도 해 주고, 진행 상황도 확인하다가 내 옆에 멈춘다. 고개를 숙인 채 곁눈질을 하니 팔짱을 끼고 선 선생님이 보인다.

"고장 났어?"

나는 눈도 못 마주치고 고개만 절레절레 저었다. 뭐라고 대답하지. 믿을지는 모르겠지만 솔직히 대답하는 수밖에.

"암호를 까먹었어요."

거짓말하지 말라고, 아니면 이렇게 맨날 쓰는 암호를 잊냐고 혼날 줄 알았다. 나도 모르게 어깨를 움츠렸는데 선생님이 내 등을 토닥인다.

"쉬운 걸로 정하기로 했잖아. 가족들 생일 같은 거. 해 보고 안되면 이따 담임 선생님한테 말씀드려."

안 혼내는 정도가 아니라 따뜻하게 조언도 해 주시다니, 와, 좋은 선생님이다. 그나저나 가족 생일? 조금은 설레는 기분으로 내 생일을 입력했다. 틀렸다. 윤슬 아빠 생일을 입력했다. 또 틀렸다. 윤슬이는 자기애가 강한 애니까 자기 생일인 걸까 생각하다가 설마, 싶으면서도 190825를 입력했다. 암호가 풀리며 화면이 열린다. 2019년 8월 25일은 망고가 우리 집에 온 날, 우리끼리 정한

망고 생일이다. 엄마 아빠 생일이 아니라 고양이 생일이구나. 참
나.

선생님이 올린 게시물에는 오늘 배운 짧은 중국 시와 동영상
업로드 사이트 하나가 첨부되어 있다. 시 낭독을 녹화해 올리는
게 수업 과제다. 별거 없군. 국민학교 특활 시간에 컴퓨터 수업을
들었고, 고등학교 때는 PC통신으로 친구를 사귀었고, 대학생 때
는 속 터지게 느리고 불안정한 인터넷으로 수강 신청 하고, 직장
인이 되어선 업무 메일 쓰며 살았다. 요즘의 스마트 기기들은 오
히려 쉽다. 하지만 암호를 푸느라 시간을 꽤 흘려보낸 데다 탭은
손에 안 익고 사이트는 낯설었다.

관자놀이 쪽으로 땀 한 줄기가 주르륵 흘러내렸다. 둘러보니
아이들은 이미 과제를 마쳤는지 창을 더 띄워 놓고 몰래몰래 플
래시 게임 같은 것을 하고 있다. 수빈이도 인스타를 본다. 아니,
이 녀석이.

"김수빈!"

작은 소리로, 하지만 힘주어 불렀더니 수빈이가 얼른 인스타
창을 닫는다. 곧 선생님이 교탁 앞에 있는 것을 확인하고는 안도
의 한숨을 내쉰다.

"놀랐잖아. 왜?"

수업 시간에 뭐 하는 거냐고, 학습 이외의 용도로는 사용 못

하게 차단되어 있다던데 어떻게 한 거냐고 묻고 싶었지만 꾹 참고 되물었다.

"영상 어떻게 올려?"

"페이지 오른쪽 위에 레코드 눌러서 녹화하면 에디트랑 업로드 버튼 뜨잖아. 편집하고 싶으면 에디트, 아님 업로드."

줄곧 해 오던 걸 갑자기 묻는 게 이상할 법도 한데 수빈이는 개의치 않고 설명했다. 마음에 든다. 수빈이가 가리키는 곳에 정말 'REC' 아이콘이 있다. 아니, 이걸 바탕색이랑 비슷한 색으로 만들어 놓으니 안 보이지. 디자인이 엉망이구만.

"자, 마무리하세요."

선생님은 이번에도 교탁을 똑똑 두드린 후 고지했다. 벌써? 마음이 급해져 레코드 버튼부터 눌렀다. 중국어는 잘 모르지만 병음 표기가 되어 있길래 영어 발음기호 읽듯 읽고, 시간이 없다, 일단 업로드.

"남은 시간 동안 갤러리 들어가서 친구들은 어떻게 읽었나 확인해 보고, 자기 발음이랑 비교해 보세요. 선생님이 읽은 것도 올려놓을게요."

다른 친구들 영상을 확인하라고? 내가 녹화한 걸 선생님만 보는 게 아니라 친구들도 다 보는 거였어? 하, 망했다.

나중에 윤슬이가 보면 난리 나겠지. 그런데 나중에, 윤슬이가 볼 수는 있을까. 윤슬이는 윤슬로, 나는 나로 돌아갈 수 있을까. 우왕좌왕 다급했던 마음이 찬물을 끼얹은 것처럼 가라앉는다. 만만해 보이던 윤슬이의 일상이 쉽지가 않다. 이대로라면 학교를 몇 년이나 더 다녀야 할 수도 있다. 수능도 또 보나? 취업 전쟁도? 이건 아니다. 다시 중학생이 되는 건 정말 아니다.

윤슬이 보고 싶다. 그동안 윤슬이가 올렸던 영상들을 하나씩 플레이해 본다. 중국어는 하나도 못 알아듣지만 왠지 잘하는 것 같다. 귀엽다. 윤슬이 때문에 못 살 것 같았는데 윤슬이 없이도 못 살겠다.

복잡하고 불안한 마음으로 7교시 수업을 겨우겨우 버텼다. 종례가 끝나고 자리에서 일어서는데 수빈이가 팔을 잡았다. 그리고 조심스럽게 묻는다.

"아무래도 촬영하러 못 갈 것 같지? 괜찮으면 내가 마저 찍어서 마무리할게. 우리 질문지 그대로."

응? 촬영? 무슨 상황인지는 전혀 감이 잡히지 않았지만 윤슬이가 하던 건 내가 이어 가는 게 자연스럽지 않을까 싶었다.

"아냐. 같이 가. 질문지를 내가 어디다 뒀더라?"

한쪽 어깨에 걸친 가방을 천천히 내리며 혼잣말하듯 물었다. 수빈이가 들고 있던 파일에서 종이를 꺼냈다.

"나한테 있잖아."

수빈이에게 자료 뭉치를 받아 첫 페이지를 빠르게 훑었다. 문서 제목은 '진로 수행평가—너와 나의 꿈이 만날 때'. 2학기 마지막 수행평가라고 한다. 제출 기한이 내일이다.

두 사람 이상이 모둠을 이루어 각자 관심 있는 직업을 소개하고, 그 직업들이 마주치거나 협업하는 사례를 조사해 3분 이내의 영상으로 발표하는 과제다. 예시를 보니 운동선수와 기자를 희망하는 두 사람이라면 스포츠 기자가 선수를 인터뷰하는 장면을 재연하는 식이다. 조사한 자료만으로 구성해도 상관없다. 쉽지 않겠지만 재미있고, 친한 친구보다 스토리텔링이 가능한 친구와 모둠을 만들 테니 좋은 과제라고 생각했다. 근데 애네들은 관심 있는 직업이 뭐길래 또 같은 모둠이 됐을까.

"민정이랑 서윤이는 의사들이 출연한 방송 모아서 편집할 거래. 의사랑 피디니까. 지민이랑 윤서는 메이크업 아티스트랑 배우잖아. 걔네는 예능 프로그램에서 메이크업하는 장면들 캡처해서 이어 붙이고. 다들 쉽게 쉽게 가는데 우리만 너무 열심인 것 같아. 별로 중요한 과목도 아닌데."

"열심히 하면 좋지, 뭐. 이것도 다 공부고 경험이야. 중요한 과목, 안 중요한 과목이 어딨어? 요령 안 부리고 성실한 사람이 결국 잘되는 거야."

사실 중요 과목 아닌 과목 나누고, 등급과 점수로 평가하고 통제한 건 어른들이다. 그러니 내가 이런 조언 할 입장은 못 되지만.

수빈이가 내 눈을 빤히 봤다. 왜, 왜지.

"근데 너 되게 엄마들처럼 말한다."

엄마 맞거든.

"우리 엄마가 맨날 그러니까 나도 말투가 닮나 보다."

"웃겨. 인생 2회 차 같았어."

내가 지금 인생 2회 차 그 비슷한 처지란다, 아가야. 너는 아직 인생이 마냥 신기하고 궁금하겠지? 떨떠름하고 알싸하고 쌉쌀한 중년의 맛을 알겠니. 괜히 찔려서 수빈이의 시선을 피하며 자료를 살피는 척 넘겼다. 두 번째 페이지는 콘티였다.

수빈

"안녕하세요, 저는 하고 싶은 게 너무너무 많아서 도저히 어느 한 가지를 선택할 수 없는 김수빈입니다!"

윤슬

"안녕하세요, 저는 하고 싶은 게 아무것도 없어서 이번 수행평가를 도저히 할 수가 없는 강윤슬입니다!"

윤슬 수빈 함께 있는 사진, 친구들 사진

자막 - 이런 우리, 괜찮을까요?

저희는 그 이야기를 해 보려고 해요!

검은 화면에 흰 글씨만

자막 - 여러분은 첫 번째 꿈을 기억하세요?

유치원 아이들 인터뷰

자막 - "Q. 꿈이 뭐예요?"

            :

　마음이 쿵, 내려앉는다. 윤슬이는 밝고 적극적이다. 잘 웃고, 걱정도 없고, 대답도 잘하고, 일단 만져 보고 열어 보고 올라가 보고 먹어 보고 그러는 애다. 그런데 뭐랄까, 끈기가 없다고 해야 하나 욕심이 없다고 해야 하나. 올라가다가 좀 힘들면 바로 내려오고, 한 입 맛만 보고 숟가락을 놓는 식이다. 아쉬워하거나 더 궁금해하지도 않는다. 피아노, 바이올린, 미술, 서예, 바둑, 발레, 수영, 스케이트, 축구⋯⋯ 내 월급은 다 윤슬이 학원비로 쏟아부은 것 같은데 아무것도 남지 않았다. 길어 봐야 1년, 어느 것 하나 꾸준한 게 없었다.

하고 싶은 게 없다는 말은 나에게도 종종 했다. 궁금하거나 관심 가는 분야가 있냐고 물어도 고개를 저었다. 장래희망은 건물주, 꿈은 없고요 그냥 놀고 싶습니다, 같은 농담으로 대꾸했다. 재능 없어도 되고, 적성 못 찾아도 되고, 아직 진로를 결정할 시기도 아니지만 관심도 호기심도 의욕도 없는 건 문제 아닌가. 윤슬이는 현재만, 지금 이 순간만 신나게 살고 말 사람 같다.

"나는 왜 하고 싶은 게 없지?"

혹시 친구랑은 속 깊은 얘기를 했을까 싶어 수빈이에게 물었다.

"너무 늦게 태어났다며."

수빈이는 새삼스럽다는 듯 한마디 하고 말았다. 너무 늦게 태어났다고? 도대체 뭐가 늦었다는 걸까. 수빈이에게는 지금 내가 윤슬이인데 윤슬이 마음을 윤슬이가 꼬치꼬치 묻는 모양새라 더 이상 질문하지 못했다.

수빈이와 윤슬이는 어린아이들, 또래 친구들, 선생님들 인터뷰를 모아 영상을 구성하기로 했나 보다. 친구들과 선생님 인터뷰는 이미 촬영과 편집까지 완료했고, 오늘 수빈이 이모가 운영하는 어린이집이 섭외되어 있었다.

수빈이 이모는 둘이 알아서 해, 했다. 6세 종일반 부모님들께 허락은 받아 두었지만 인터뷰를 도와주지는 않을 거란다. 그러면서 아이들 다루기가 만만치 않을 거라고 겁을 잔뜩 주셨다. 복도에서부터 꺄아악, 꽤애액, 하는 소리가 들렸고, 수빈이가 내 손을 꼭 잡았다.

처음 보는 중딩 언니 누나를 맞는 꼬맹이들은 다행히 호의적이었다. 무작정 달려와서 말 걸고 안기는 아이도 있고, 가까이 다가오지는 못하고 제자리에서 뛰고 소리만 지르는 아이도 있고, 뒷걸음치지만 눈길은 떼지 못하는 아이도 있다. 그리고 질문 폭격.

"누나 몇 살이에요?"

"열네 살이야."

"둘이 왜 옷이 똑같아요?"

"학교 체육복이야."

"언니랑 언니랑 쌍둥이예요?"

"아니거든."

아이들은 여전히 돌아다니고 있지만 흥분은 가라앉은 듯 보였다. 얼른 인터뷰를 시작하자고 했더니 수빈이가 당황했다.

"애들 조용해지면 자리에 앉혀 놓고 한 명씩 해야 하지 않을까?"

"여섯 살을 어떻게 조용히 앉혀 놔? 그럼 밤새워도 못 해. 그냥 쫓아다니면서 하는 거야."

내가 아이들을 붙잡아 질문하고 수빈이가 촬영했다. 아이들을 프레임 안에 머무르게 하는 것부터가 난관이었다. 언니랑 10초만 얘기하자, 우리 친구 너무 씩씩하다, 이 예쁜 핀 누가 해 줬어요? 차렷! 너무 잘하네, 누나 말고 카메라 좀 봐 줘, 때리면 안 되지, 당부하느라 열 명 정도 인터뷰를 했는데 백 명은 상대한 기분이었다.

꿈이 뭐냐는 질문에 아이들은 주로 현실의 직업을 이야기했다. 화가, 의사, 우주비행사, 축구선수, 아이돌……. 나는 공룡이라든가 자동차라든가 아니면 아빠랑 결혼할래요, 이런 대답을 할 줄 알았다. 이렇게 어린 애는 키워 본 지가 오래라 내가 감을 잃었다. 그래도 진심인지 농담인지 로또 당첨이요, 벼락부자요, 라고 웃겨 주는 아이들도 있었다. 인터뷰는 부족하지 않게 무사히 마쳤다.

준처럼 집중해 주지 않던 아이들은 정작 우리가 패딩을 걸치자 아쉬워했다. 더 놀다가 가라고 막무가내로 매달리더니 한 녀석이 가방을 사물함에 숨기기까지 했다. 수빈이도, 수빈이 이모도 당황했다. 그때 교실 한편 전면 책장에 꽂혀 있는 그림책『알사탕』이 눈에 들어왔다. 나는 큰 소리로 물었다.

"내가 좋아하는 책이 저기 있는데, 그럼 우리 딱 한 권만 읽고 바이바이 할까?"

좋아요! 네! 대답과 함께 아이들이 책장 앞으로 가더니 둥그렇게 자리를 잡는다. 책장 앞에 작은 의자가 하나 놓여 있었다. 선생님이 책 읽어 주는 자리구나. 나는 수빈이 이모에게 허락을 받고 의자로 가 앉았다.

윤슬이와 나는 둘 다 백희나 그림책을 좋아했다. 『알사탕』은 특히 내가 좋아하는 책이다. 윤슬이 그림책은 모두 조카들에게 물려주었는데 이 책만은 아직도 내 책장에 꽂혀 있다.

책을 아이들 방향으로 펼쳐 들고 거꾸로 보이는 글씨를 읽어 나간다. 윤슬이에게 수없이 소리 내 읽어 주며 입에 붙었는지 어렵지 않았다.

글씨를 읽을 줄 알게 된 후에도 윤슬이는 책을 읽어 달라고 했다. 내 품에 파고들어 와서, 내 무릎에 머리를 기대고 누워서, 억지로 눈을 감으며 가짜 잠투정을 했다. 감은 눈꺼풀 아래로 정신없이 움직이던 눈동자. 그 모습이 귀여울 때도 있었지만 막막할 때가 더 많았다. 너는 언제 크지? 도대체 얼마나 더 키워야 혼자 씻고, 자고, 밥도 차려 먹을 수 있지? 그때 윤슬이는 내 마음을 들었을까. 마지막 페이지에서 또 눈물이 고였고, 나는 입술을 꽉 깨물며 겨우 눈물을 참았다.

촬영을 마치고 나오며 수빈이가 말했다.

"너는 유치원 선생님 하면 되겠던데?"

"내가 선생님이면 애들 정서에 안 좋지. 대한민국의 미래를 위해서라도 그건 안 될 일이야."

농담인 줄 알고 가볍게 대꾸했는데 수빈이는 진지했다.

"아니야. 너 진짜 영유아 관련 직업 생각해 봐. 어떻게 그렇게 애들을 잘 다루고, 그리고 멀쩡할 수가 있어? 나는 아직까지 정신이 하나도 없는데. 진짜 너 애 엄만 줄."

애 엄마 맞거든.

"사촌 동생들이 있어서 그런가 보다."

대답해 놓고도 구차하다고 생각했는데 수빈이는 수긍했는지 고개를 끄덕였다. 그리고 오늘 촬영본은 수빈이가 편집을 하겠단다. 이제까지는 윤슬이가 편집을 한 모양이다. 시험 끝났다고 휴대폰만 붙들고 있길래 한 소리 했었다. 윤슬이는 과제를 하는 거라고 했고 나는 그 말을 믿지 않았지만 싸우기 싫어 더 따져 묻지 않았다. 실망했었고 속상했었다. 정말 실망스럽고 속상하다. 나는 왜 윤슬이를 믿어 주지 않았을까.

수빈이와 헤어진 후 사고가 났던 교차로에 들렀다. 여전히 차가 많고, 사람들이 빠르게 걷고, 거리는 화려하다. 특별할 건 없다. 어느 것도 머물지 않고 바쁘게 지나가는 곳이다. 그날의 사고도 아무 흔적이 없다.

건진 것 없이 집에 돌아오니 피곤이 한꺼번에 몰려온다. 윤슬이 방으로 가서 패딩과 가방을 아무렇게나 던져 놓고 침대에 풀썩 몸을 던졌다. 가만 누워 있으니 서늘해 담요를 당겨 덮었다. 침대에 들어갈 때는 제발 옷 좀 갈아입으라고, 발이라도 닦으라고 하면 윤슬이가 아주 듣기 싫어했다.

"몇 번 안 씻고 눕는다고 침대가 쓰레기통 되지는 않아."

"너 엔트로피 증가의 법칙 몰라? 가만히 두면 무질서해지는 법이야. 자연도, 네 방도, 네 침대도. 신경 써서 치우고, 정리하고, 더럽혀지지 않게 해야지. 이 집에서 엔트로피를 감소시키고 있는 사람은 나밖에 없다니까."

"차라리 좀 씻어라, 씻어, 그러면서 등짝을 때려 줬으면 좋겠네."

맞아 본 적이 없으니 차라리 때려 달라는 말을 아무렇지 않게 하는 거겠지. 그렇게 쉽게 할 말이 아니라고 얘기해 주고 싶었지만 그것도 고리타분한 소리로 들릴 것 같아 말았다.

나는 밖에서 입었던 옷 그대로 침대에 들어간 적이 없다. 그런데 이렇게 누워 보니 윤슬이 마음을 알겠다. 그냥 푹, 퍼지고 싶은 날이 있는 법이다. 끊임없이 시계를 보고 할 것, 살 것, 연락할 것, 예약할 것, 챙길 것들을 나에게 톡으로 보내 놓던 시간들이 떠올랐다. 안절부절 피곤하게 살았다.

나는 윤슬이의 마음뿐 아니라 내 마음도 알아주지 않았던 것 같다. 오늘 하루 윤슬이의 피곤에 내 인생에 쌓여 있던 피로의 무게까지 더해져 온몸을 짓누른다.

망고가 폴짝, 침대로 올라와 곁에 앉는다. 품으로 파고들지 않고 가만히 내 얼굴을 쳐다보기만 한다. 망고는 내가 누군지 알아본 걸까? 망고야, 너도 언니 보고 싶지?

까무룩 잠이 들었는데, 익숙한 냄새가 방으로 흘러왔다. 밥 냄새, 된장찌개 냄새, 그리고 엄마 냄새. 엄마다! 엄마가 조심조심 어깨를 흔든다.

"윤슬아, 밥 먹고 자자. 저녁 차려 놨어."

아, 나 지금 윤슬이지. 엄마는 겨드랑이 밑으로 손을 넣어 나를 안아 들었다. 눈을 뜨지도 못한 채로 엄마가 당기는 대로 상체를 일으켰다. 포근하기도 하고 간지럽기도 해서 키득키득 웃었더니 엄마가 볼을 살짝 잡는다.

"일어나, 이 녀석아. 이제 할머니보다 더 큰 녀석이 애기 짓이야."

왠지 일어나고 싶지가 않아 그대로 안겨 있었다. 엄마의 포옹에 어느새 익숙해졌나 보다. 엄마가 내 등을 두드린다. 토닥, 토닥, 토닥, 토오닥, 토오닥……. 갑자기 왈칵 눈물이 쏟아진다. 엄마의 어깨에 얼굴을 파묻고 엉엉 울자 엄마가 나를 더 꼭 안는다.

"걱정 마, 윤슬아."

엄마의 위로가 좋고, 또 안 좋다. 사실은 괴롭다. 혹시 나는 지금 윤슬이로 지내는 게 괜찮은가. 윤슬이의 마음은 어디에 있는지도 모르는데, 나는 엄마 품에도 안기고 윤슬 아빠의 보살핌도 받고 있다. 윤슬이가 윤슬이로 돌아오지 못할까 봐 불안하면서도 윤슬이인 척 받는 사랑이 따뜻하다. 더 잘못되기 전에 되돌려야 한다는 조급함과 이대로 아주아주 잠시만 더 있고 싶다는 이기심이 끊임없이 서로를 침범하고 있다.

"걔가 보기보다 아주 독하다? 금방 일어날 거야. 걱정하지 마."

아, 엄마, 쫌!

"내가 뭐가 독해?"

"너 말고 느이 엄마 말이야."

눈물이 쏙 들어갔다. 하여튼 엄마는 나를 너무 모른다. 일단 밥을 먹자. 호박을 듬뿍 넣은 엄마표 된장찌개를 밥에 슥슥 비빈다. 지겹다. 익숙한 메뉴, 익숙한 재료, 익숙한 맛. 엄마의 요리들이 내 입맛에 너무 딱이고, 먹어도 먹어도 안 질리고, 아프거나 피곤하면 더 그립다는 사실이 너무 지긋지긋하다. 딸이지만 엄마이기도 한 내게 족쇄처럼 느껴진다. 정말 왜 이렇게까지 맛있는 걸까.

샤워를 마치고 방에 들어오니 수빈이에게서 카톡이 와 있다.

수행평가 편집본 파일이다. 손가락으로 화면을 쓸어내리면 윤슬이와 수빈이가 이전에 나눈 대화를 볼 수 있지만 애써 외면한다. 왠지 안 될 일 같다. 얼른 플레이 버튼을 눌렀다. 영상 속 수빈이와 윤슬이가 번갈아 인사한다. "안녕하세요, 저는 하고 싶은 게 너무 많은 김수빈입니다!" "안녕하세요, 저는 하고 싶은 게 아무것도 없는 강윤슬입니다!"

일시정지. 흡흡, 후후, 흡흡, 후후.

그래, 윤슬이는 아직 자기가 잘하고 좋아하는 것이 무엇인지 잘 모르는 것뿐이다, 앞으로 찾아 나가면 된다, 생각하며 마음을 다스려 본다. 그리고 다시 플레이.

화면 가득 커다란 자막, '당신의 꿈은 무엇입니까?' 유치원 아이들이 대답한다. 장난치는 아이들도 있지만 대체로 분명하게 직업을 말한다. 나음은 학교 선생님들 인터뷰. 어렸을 때부터 교사가 꿈이었다는 선생님이 많았고, 운동선수, 기자, 천문학자가 꿈이었다는 분도 있다. 그래도 다들 지금 일이 좋단다. 후회하지 않는다고 말한다. 앞으로 하고 싶은 일은 책 쓰기, 공부하기, 한 분은 영화배우가 될 거라며 웃으셨다. 젊었을 때 경찰이었다는 보안관 할아버지는 다시 일하게 될 줄 몰랐단다. 아이들이 좋다며 학교에서 오래오래 일하고 싶다신다.

다시 일시정지.

내 첫 직장은 백화점이었다. 식품관 담당이었고 그때 전국의 맛집은 다 다녀 봤던 것 같다. 두 번째 직장은 어쩌다 보니 멀티플렉스 극장. 한창 지점을 확장하던 시기라 재밌게 일했다. 그리고 지금은 직원 다섯 명의 작은 영상 제작사에서 일한다. 영화가 좋아서 선택했는데 영화 볼 일은 별로 없고 돈만 만진다. 하지만 곧 영화 볼 일도 많아질 것 같다. 인원을 충원하며 업무를 개편할 예정이고 회사와 얘기가 잘되고 있다. 이직할 때마다 고민하고 기대하고 두려워했지만 돌아보니 꽤 과감하기도 했다. 나에게는 사실 믿는 구석이 있었다.

힘들 때, 불안할 때, 나 자신에게 실망스러울 때마다 힘이 되었던 메모가 하나 있다. 짧고 뜬금없고 누가 쓴 건지도 알 수 없었던 메모. 중학교 2학년이었나 3학년이었나, 연습장을 펼쳤는데 마지막 페이지에 무슨 예언 같은 글이 있었다.

30년 후의 최수일은 회사에서는 유능한 팀장이고, 딸에게는 고마운 엄마이고, 작년에 커피를 끊고 하프마라톤을 완주했다.

그때는 감흥이 없다 못해 실망했다. 평범한 엄마이자 회사원은 내가 꿈꾸던 미래가 아니었으니까. 엉뚱하게 마라톤은 또 뭐고. 그것보다는 더 잘나가는 사람이 되고 싶었다. 뜯어 버리지는 않앉지만 특별하게 보관하지도 않았다. 아마 연습장을 다 쓰고 버리면서 같이 버려졌을 것이다.

그런데 크고 작은 삶의 문턱을 마주할 때마다 그 문장들이 떠올랐다. 아침에 일어나 학교 가기가 유난히 힘든 날, 숙제가 정말 너무 안되는 날, 또 입시를 치르고, 아르바이트를 하고, 취업과 이직을 준비하는 버거운 시간들도 그 메모 덕분에 버텼다. 어릴 때는 별것 아니라고 생각했던 일들이 얼마나 별것인지 새삼 깨달았고, 그래도 결국 나는 그 일들을 해낼 거라는 막연한 자신감이 생겼다. 내 믿는 구석이 바로 그 메모였다. 그래서 진짜 커피를 끊고 하프마라톤을 완주해 냈고.

언니를 의심했다가, 엄마를 의심했다가, 선진이와 진희를 의심하기도 했는데 다들 아니라고 했다. 글씨체도 정말 낯설었다. 끝까지 알아내지 못했고 아직도 궁금하다. 내게 사소하고 평범한 응원의 말을 남겨 준 사람.

영상에는 이제 윤슬이와 같은 체육복을 입은 아이들이 등장한다. '하고 싶은 게 너무 많은데 어떡하지?' 하는 자막에 친구들의 대답이 이어졌다.

"그 직업 중에 절반은 없어져. AI가 대신 해서."

"다 해 봐. 10년씩 하면 대여섯 가지 할 수 있겠다. 평균 수명이 길어졌잖아."

"좋겠다. 난 없어. 수행은 그냥 좀 궁금한 직업으로 하는 거야."

그리고 다음 자막은 '하고 싶은 게 하나도 없는데 어떡하지?'.

"천천히 생각해. 시간 많아. 요즘 백 살까지 사는데, 뭐."

"너는 무슨 일이든 신나게 할 것 같아. 그럼 되지 않나?"

"나도. 나는 엄마가 의사 하래."

윤슬이가 엄마 희망사항 말고 네 꿈은 뭐냐고 다시 묻자 친구가 대답한다. "불효자." 질문하던 윤슬이도 대답하던 친구도 웃는다. 마지막으로 앞의 인터뷰들이 짧게 이어져 나왔다. "후회 안해." "오래오래 일하고 싶지." "화가요." "축구 선수." "불효자." "천천히." "신나게." "그럼 되지 않나."

영상은 끝났는데 그 순간부터 마음이 걷잡을 수 없게 일렁거렸다. 그리고 불쑥, 윤슬이가 너무 늦게 태어났다고 말했던 일이 기억났다. 초등학교 때, 지금보다 어렸고 지금보다 나와 사이가 좋았던 때다. 그때 윤슬이는 떠오르는 생각들을 종알종알 떠들곤 했다.

"사과는 그냥 혼자 떨어진 건데 만유인력이라고 이름 붙이고, 욕조 물 넘치면 유레카 외치고, 원래부터 지구가 공전하던 걸 지동설이라면서 자기가 알아낸 척. 옛날 사람들은 좋았겠다, 발견이 업적이 돼서."

말도 안 되는 소리라고 생각했지만 윤슬이의 논리가 귀여워서 수긍해 주었다.

"그러게. 옛날 사람들은 진짜 쉽게 살았네. 근데 우주는 여전히 넓고, 아직 인간이 풀지 못한 수수께끼들도 많으니까 윤슬이 너한테도 발견의 기회는 있어."

윤슬이는 고개를 절레절레 저었다.

"뭐 좀 되는 아이디어다 싶으면 다 있더라고. 닫힌 공간에 원시 시대 환경을 만들어서 생명체가 생기는지 실험하는 거, 어떤 과학자가 벌써 해 봤다며? 창문 안 열고 환기시키는 장치도 이미 있고. 돈 너무 많이 쓰지 않게 카드 사용 금액을 제한하는 것도 있대고. 자기 재산 없이 같이 만들고 같이 쓰면서 집단생활하는 것도 해 봤고. 심지어 거꾸로 접는 우산도 있어. 늦었어. 나는 너무 늦게 태어났어."

"기기에 네 아이디어를 더해 봐. 카드에 다른 기능을 넣는다든지, 거꾸로 접는 우산에 신소재를 쓴다든지."

"내가 원하는 건 그런 게 아니야. 다 만들어진 레고에 블록 하나 더 꽂는 게 아니라고. 나는 새 레고 판에 처음부터 끝까지 내가 블록을 꽂아서 내 작품을 만들고 싶어."

그때 내가 뭐라고 대답했더라. 그렇다고 꽂혀 있는 걸 뺄 수는 없다고 했던가. 레고 판부터 사 줘야겠다고 했던가. 별로 심각하게 생각하지 않았고 농담으로 대화를 마무리했던 것 같다.

이제야 윤슬이의 눈에 비친 세상을 짐작해 본다. 블록이 빼곡히 꽂힌 레고 판을 앞에 두고 자신의 블록은 아무 데도 쓸모가 없다고 여겼을 마음을 가늠해 본다. 나는 여전히 부족한 것도 불편한 것도 없는 윤슬이가 부럽다. 하지만 그래서 생기는 어떤 막막함도 있을 수 있다고, 그럴 수도 있겠다고 생각하게 되었다. 그리고 편집을 너무 잘했다는 생각도. 스마트폰으로 뽀로로를 보던 세대는 역시 다르구나.

9

딸, 강윤슬, 1993

학년 말 대청소 때문에 일찍 나간다고 말하자 할머니가 아침부터 무슨 청소냐고 되물었다. 우물우물 대답을 못 하고 있는데 이모가 하품을 하며 능청스레 거들었다.

"그러게. 1학년들이 고생이네."

역시 조력자가 필요하다. 이모 덕분에 의심받지 않고 30분이나 일찍 집에서 나올 수 있었다. 1단계 무사통과. 하굣길에 들러도 되지만 마음이 급했다. 집 앞 한아름 슈퍼에서 초코우유를 사서 마실 생각이었는데, 아직 가게 문을 열지 않았다. 고픈 배를 문지르며 한일병원으로 향했다. 입원실에는 어떻게 잠입하나. 누군가 물으면 입원한 엄마를 만나러 왔다고 해야지. 엄마 입원실이 어디냐고 또 물으면 301호였나, 하고 숫자를 말하되 얼버무리는 게 좋을 것 같다.

잔뜩 긴장했는데 아무도 왜 왔냐고 묻지 않았다. 관심도 없었다. 그리고 아침 식사 시간이 다가오는지 멸치국물 냄새 같은 게 진동을 했다. 계단을 올라 코너를 돌아 복도를 지나 침을 한번 꼴깍 삼키고 문이 활짝 열려 있는 301호로 들어갔다.

나의 1993년이 시작된 곳. 침대 사이의 커튼은 대부분 열려 있고, 누군가 큰 소리로 라디오를 켜 놓았고, 환자복을 입은 한 사람이 양치질을 하며 내 옆을 지나갔다.

내가 누웠던 침대는 비어 있었다. 나는 천천히 침대로 다가가 조심스럽게 걸터앉았다. 침대가 이렇게 딱딱했나. 그대로 벌러덩 드러누웠다. 천장의 얼룩, 양 끝부분이 까맣게 타 버린 형광등, 소독약 냄새. 옆 침대의 할머니가 말을 걸어왔다.

"여기 입원했던 학생은 진즉에 퇴원했어. 친구야?"

못 알아보시는구나. 벌떡 일어나 앉으며 대답했다.

"아, 네."

"아직도 학교에 못 나가고 있나 보네. 다 나아서 퇴원한 줄 알았더니."

아무것도 모르는 척 물었다.

"병원에 있는 동안 별일은 없었고요?"

"애기가 헛소리를 한다더라고. 이상 없다, 괜찮아질 거다, 그러더니 진짜 멀쩡히 걸어 나갔지."

헛소리 아니었는데. 침대에 앉은 채 눈을 감아 본다. 바람. 이모가 얘기했던 그 바람의 기억을 더듬어 본다. 잠에서 깨어 눈을 뜨기 직전, 나는 무엇을 들었고 느꼈고 생각했더라.

그때 창문 하나가 끼익, 거슬리는 소리를 내며 열렸다. 찬 바람이 순식간에 병실로 들이닥쳤고, 할머니가 이불을 당겨 덮으며 투덜거렸다.

"또, 또, 또 환기한다고 저 지랄이네. 지한테서는 환자 냄새 안 나는 줄 아나."

입원 환자 중에 환기에 열심인 사람이 있는 모양이다. 약간 기운이 빠졌다. 이모가 느꼈다는 그 바람도 단순한 환기일 수 있겠구나, 생각하니…… 정신이 번쩍 들며 현실을 자각했다. 이러다 지각하겠다!

교문부터 어수선했다. 선도부 학생들은 살짝 예민하면서도 정신이 다른 데에 팔려 있는 것 같았다. 등교 중인 학생들은 쫓기는 듯 보였다. 아직 늦은 시간도 아닌데 운동장을 가로질러 뛰는 아이들이 많았다. 뭐지, 이 이상한 분위기. 수군수군. 기웃기웃. 웅성웅성.

중앙 현관이 가까워지면서 이상한 느낌이 현실이 되어 눈앞에 펼쳐졌다. 계단이 학생들로 가득 차 있었다. 도저히 걸어 올라갈 틈이 안 보였다. 다른 쪽 계단으로 가야겠다고 생각하며 돌아서는데, 진희가 있다.

"우와, 진희다! 진희야아!"

반가워하는 나와 달리 진희는 초점 없는 눈으로 불안하게 물었다.

"확인했어?"

"뭘?"

"등수!"

"등수? 무슨 등수?"

"기말고사. 등수 나오는 날이잖아."

기말고사 등수를 확인한다고? 어디서? 어떻게? 내가 어리둥절해하는 사이 진희는 무리 안으로 비집고 들어가 버렸다. 진희의 뒷모습을 보고 있으니 왠지 마음이 급해졌다. 나도 중앙 계단으로 뛰어들었다.

일단 무리 사이로 진입하니 아래에서 밀어 올리는 힘 때문에 뒤로 밀리지는 않았다. 두 다리를 딱 버티고 중심을 잡으며 한 계단 한 계단 올라갔다. 그러다 이동이 더 이상 불가능하고 주변의 웅성거림이 절정일 즈음, 고개를 들었다. 벽면에 커다란 벽보가 두 장 붙어 있었다. 1층과 2층 사이 계단 옆 벽, 약 2미터 높이에. 사다리를 받쳐 올라가지도 못할 위치인데 어떻게 붙였는지 신기할 지경이었다.

전지에 검은색 매직으로 빼곡하게 이름과 숫자들이 쓰여 있었다. 등수, 이름, 반과 번호, 그리고 마지막으로 평균 점수. 1학년 2학기 기말고사 성적이었다.

전 과목 시험 점수를 합산해 1등부터 꼴등까지 등수 매기고, 또 공개한다고? 학교 벽에다가? 지금 나 〈프로듀스 101〉 보는 거야? 탈락시킬 것도 아니고 투표할 것도 아닌데 왜 성적을 공개하는 거지? 엄밀히 내가 당하는 것도 아닌데 불쾌하고 수치스러웠다. 그러다 곧, 오, 그럼 우리 엄마 성적도 저기 있는 건가? 호기심이 피어올랐다.

목을 빼고 엄마 이름을 찾았다. 엄마는 어렸을 때 공부를 잘했었다고 말했다. 학원 한 번 안 다니고, 문제집 하나 제대로 가져보지 못했지만 언제나 상위권이었다고 잘난 척했다. 어디 엄마나 잘했니 보자. 1등부터 쭉 이름을 훑어 내려갔다. 최, 최, 최, 최, 최…… 최수일! 최수일이다! 예상보다 훨씬 빨리 엄마 이름이 나왔다. 설마 동명이인이 있는 건 아니겠지. 1학년이 전체 384명이고 8반까지 있으니까, 음, 이 정도면, 진짜 잘했네. 홍.

엄마의 성적을 확인하고 나니 선진이와 진희의 성적도 궁금해졌다. 홍, 홍…… 홍선진! 헐, 전교 6등? 선진 이모 공부 진짜 잘했구나. 자기는 이렇게 잘해 놓고 나한테는 맨날 공부 같은 거 하나도 안 중요하다고 그랬단 말이야? 완전 배신자. 그리고 김진희는, 김, 김, 김, 김, 김…… 아, 김씨 엄청 많네. 이리저리 휩쓸리고 눈도 아프고 그냥 포기.

무리에서 빠져나오는데 슬라임이 되어 던져진 기분이었다. 아직 1교시도 시작하지 않은 아침이라는 것이 믿기지 않을 만큼 피곤했다. 겨우 발을 옮겨 2층 복도로 들어섰다. 복도 오른편으로 교실들이 나란히, 왼편으로 낡은 창틀과 얇은 유리창들, 창턱에 걸터앉은 아이들의 어두운 표정, 복도를 걷는 조급하고 또 무거운 걸음들. 계단 쪽을 내려다보았지만 진희는 보이지 않았다.

문득 심장 근처, 피부 밑이 따끔거렸다. 간지러운 것 같기도 했다. 셔츠 위로 손톱을 세워 북북 긁었지만 불쾌감이 사라지지 않았다. 거슬리는 느낌, 불편한 마음, 견딜 수 없는 기분. 이 감정은 뭘까.

왁! 뒤에서 누가 놀래는 바람에 휘청 넘어질 뻔했다. 선진이였다. 다칠 뻔했다고 소리를 꽥 질렀지만 선진이는 아랑곳없이 깔깔 웃었다. 우등생의 여유인가.

"시험 엄청 잘 봤더라, 홍선진?"

"어, 뭐, 중간고사랑 똑같으니까 엄청까지는 아니고."

중간고사도 잘 봤었나 보네, 얼. 맨날 어린 나한테 장난이나 거는 사람인 줄 알았는데 약간 신기했다. 내게 엄지손가락이 잘린 채 움직이는 마술을 처음 보여 준 사람, 젓가락 게임을 가르쳐 주고 한 번도 져 주지 않은 사람. 선진이의 이모 시절을 생각하고 있는데 눈앞의 중학생 선진이가 물었다.

"너는?"

"내 등수 안 봤어?"

"애들 너무 많아서 내 거 확인하자마자 떠밀렸어."

못 본 게 아니라 안 봤을 거다. 선진 이모는 그런 사람이니까. 따갑고 간지럽던 마음의 정체를 알 것 같았다. 불쾌하고 수치스럽다면서도 기어코 엄마의 성적을 확인한 내가 너무 유치하다. 엄마 성적만 봤나. 친구들 성적까지 알고 싶어서 아등바등했지. 나 자신에게 실망했다. 부끄럽고 화가 나서 괜히 선진이에게 큰소리를 냈다.

"왜 남의 성적을 벽에 써 붙이는 거야? 아, 진짜 열받네?"

"동기부여라잖아."

"이건 그냥 괴롭힘이지. 학생 인권에 대한 개념이 아예 없구만. 엄마가 야만의 시대라고 했던 게 무슨 말인지 이제야 알겠어."

"너희 엄마가 야만의 시대래?"

"응. 아니. 응. 아니. 사실은 우리 엄마가 아니라 내가."

말하고 어이없어서 웃었다. 선진이는 내가 장난을 친다고 생각하는지 그냥 따라 웃었다. 그러고는 천천히 내 말을 따라 했다. 야만의, 시대……

그제야 진희가 중앙 계단으로 올라왔다. 나보다 먼저 뛰어들더니 한참 걸렸네. 다가가 어깨에 팔을 두르자 진희는 그대로 내 품에 안겨 울음을 터뜨렸다.

"괜찮아."

무슨 일인지도 모르면서 괜찮다는 말이 나왔다. 나도 괜찮다는 말을 들으면 괜찮아졌으니까. 엎지르거나 넘어지거나 잃어버리거나, 아무튼 위급한 상황에서 엄마, 하고 비명을 지르면 엄마는 괜찮아, 괜찮아, 하며 달려왔다. 잔뜩 놀라고 겁먹은 마음이 풀리는 마법 같은 말, 괜찮아. 물론 그래 놓고 엄마는 두고두고 들먹이며 혀를 차곤 했지만.

"야만의 시대야, 진짜."

선진이가 우리 둘을 한꺼번에 끌어안으며 말했다. 진희의 떨림이 조금씩 잦아드는 것이 느껴졌다. 곧 진희가 천천히 팔을 풀고는 눈물을 닦아 냈다. 그리고 아까의 선진이처럼 따라 말했다. 야만의, 시대⋯⋯.

진희는 시험을 볼 때마다 등수가 계속 떨어지는 중이라고 했다. 똑똑하다는 소리를 제법 듣고 자란 진희에게 부모님은 기대가 크다. 영어 선생님인 아빠의 적극적인 지원도 있었다. 이번 기말고사 내내 아빠가 같이 공부했다고 한다.

"아빠가 같이 공부한다는 게 어떤 거야?"

"옆에서 문제 푸는 것 지켜보고 채점해 주고 틀린 문제 설명해 주고. 아, 졸면 깨워 주고."

헐, 아빠랑 나란히 앉아서 공부가 되나? 엄청 놀랐는데 왠지 티 내면 안 될 것 같았다. 선진이의 눈이 동그래진 걸 보면 선진이 입장에서도 이해할 수 없는 일인 듯했다.

"아빠가 그렇게까지 했는데 등수가 또 떨어졌어. 난 이제 진짜 죽었어."

"진짜로 딱 일주일만 죽었다고 생각해. 말 잘 듣고 지내다가 엄마 아빠 기분 좋을 때 성적표 보여 드려."

선진이 딴에는 해결 방법이라고 생각하고 말했나 본데, 나는 이런 걱정을 한다는 것 자체를 이해할 수 없었다. 이게 고등 내신이나 수능 시험도 아닌데, 중1부터 이렇게 압박을 준다고? 진희 부모님은 엄청 무서우신가 보다. 옛날 학생들은 학원도 많이 안 다니고 선행이라는 것도 없었다기에 요즘 애들처럼 공부로 스트레스받는 일은 없을 줄 알았다. 뭐든 케바케, 집바집이라니까.

"그게 안 돼. 우리 언니가 분명히 봤을 거야. 나도 별관 가서 3학년 성적부터 확인하고 왔으니까."

"그럼 언니랑 말을 맞춰 놓으면 되잖아."

"김진주 그 싸가지가? 집에 가자마자 엄마한테 쪼르르 일러바칠걸? 게다가 자기는 성적도 많이 올랐으니 얼마나 입이 근질근

질하겠어."

모든 언니가 우리 이모 같지는 않구나. 언니 있으면 좋겠다는 생각 취소. 더 이상 괜찮아, 라는 말이 나오지 않았다. 선진이도 진희도 조용해졌다.

수학 쌤은 숙제를 내줄 때와 비슷하게 빙글빙글 웃으면서 교실로 들어왔다.

"각오했지?"

기다란 나무 막대가 교과서, 교재와 함께 왼쪽 겨드랑이에 끼워져 있었다. 쌤이 검이라도 뽑듯 막대를 오른손으로 뽑아 들자 아이들이 낮게 야유했다. 쌤은 더 싱글벙글했다.

"그렇게 시험을 잘 봤으면 됐잖아? 때리는 내 팔이 더 아파."

때려? 때린다고? 저 막대로? 설마. 저렇게 즐겁고 설레는 얼굴로 우리들을 때리겠다고 말하고 있는 건 아니겠지. 쌤은 교재 사이에서 프린트 뭉치를 꺼내 뒤적뒤적하더니 그중 한 장을 교탁 위에 올렸다.

"오, 이 반은 시작이 좋네. 1번, 해당 없음. 2번, 역시 해당 없음. 3번, 나와!"

창가에 앉아 있던 학생 하나가 하얗게 질린 얼굴로 천천히 교탁을 향해 걸어 나갔다. 어디선가 아이씨, 작은 한탄이 들리더니 또 한 명이 3번의 뒤에 가 섰다.

"그래, 이렇게 나와서 기다리란 말이야. 자기 점수 자기가 잘 알잖아?"

쌤이 말하자 반이 조금 소란스러워졌다. 주변을 둘러보고 친구들에게 뭔가를 소곤소곤 물어보고 부스럭대며 자리에서 일어서 교탁 앞에 줄을 서기 시작했다. 그러는 동안 3번 친구는 손바닥을 두 대 맞고 눈물을 뚝뚝 떨어뜨리며 자리로 돌아왔다. 4번? 네. 몇 대? 다섯 대요. 자알한다. 착, 착, 착, 착, 착. 5번, 6번, 7번은 통과고, 8번? 네. 몇 대? 잘 모르겠어요. 이 새끼가 자기 점수도 모르고. 착, 착, 착……. 눈앞에서 벌어지는 살벌한 풍경에 굳어 있는데 선진이가 물었다.

"떨어졌어?"

"뭐가?"

"수학 점수."

"모르겠어."

"어떡해. 나가서 물어봐야겠다. 죄송하다 그래."

"뭐가?"

"어?"

짐작은 됐지만 확실히 알고 싶어 선진이에게 물었다.

"지난 시험보다 점수 떨어진 만큼 맞는 거지?"

선진이가 고개를 끄덕였다.

그때 진희가 느릿느릿 교탁 앞으로 나갔다. 나는 진희 뒤 번호다. 도저히 몸이 움직여지지 않아 한참 입술만 물어뜯다가 진희 차례가 다 되어서야 줄에 합류했다. 교실이 쥐 죽은 듯 조용해서 막대가 허공을 가르는 횡, 소리와 손바닥을 때리는 착, 소리가 더 크게 들렸다. 그리고 내 심장 소리도. 진희는 무려 여섯 대를 맞았다. 다음은 내 차례.

"21번?"

"네."

"몇 대?"

"잘, 모르겠어요. 죄송합니다."

뭐가 죄송해. 대체 왜 이런 말이 튀어나오는 거지? 손바닥을 내민 채 두려워서인지 분해서인지 부들부들 떨고 있는데 쌤이 의아한 표정으로 나를 보다가 말했다.

"두 대, 인마. 왜 그래, 최수일?"

아, 맞아. 나는 최수일이 아니야, 강윤슬이지. 시험을 못 본 건 엄마지 내가 아니야. 왜 내가 이런 폭력을 당해야 하지? 아니, 엄마든 나든 왜 점수가 떨어졌다고 맞아야 하지?

그사이 쌤은 이미 막대를 들어 올렸다. 뭘 어떻게 해야겠다고 생각한 건 아니고 정말 반사적으로 두 손을 허리 뒤로 숨겨 버렸다. 쌤은 허공에 헛스윙을 했다. 정지 버튼을 누른 것처럼 모두가 그대로 멈췄다. 나는 숨도 쉬지 못했다.

"풉, 푸흡."

정적을 깨고 누군가 웃음을 터뜨렸다. 낮게 따라 웃는 아이들도 있었고 겁에 질린 아이들도 있었다.

파하―. 나는 그제야 터뜨리듯 숨을 뱉었다. 쌤의 얼굴이 조금씩 일그러지더니 막대 끝으로 내 이마를 툭 밀쳤다.

"최수일! 이 녀석 아까부터 이상하네? 다시 손바닥 대. 또 피하면 네 대다."

아무 말도 못 하고 손바닥을 펼쳐 가슴 높이까지 올렸다. 아예 눈을 감았다. 착. 착. 따갑고 찌릿하고 얼얼하더니 욱신욱신 열이 올랐다. 천천히 내 자리로 돌아와 앉고 나서야 눈물이 났다.

이 기분을 뭐라고 말할 수 있을까. 어떤 단어로 설명할 수 있을까. 분노? 억울함? 수치심? 모두 들어 있기는 했지만 그런 감정들은 사실 아주 약했다. 그보다 더 큰, 내 마음을 가득 채우고 있는, 축축하고 무겁고 흐물흐물한 무엇.

나는 내 기분에 대해 계속 생각했다. 기억해 내려고 애썼다. 언제 내가 이 마음이었더라. 답지를 보고도 문제를 풀지 못할 때, 선반 위의 물건에 손이 닿지 않을 때, 내 뜻과는 상관없이 이미 주말 스케줄이 결정되어 있을 때…… 그래, 무력감. 무력감이다.

잘못된 일이다. 그런데 말할 수가 없다. 다들 너무 당연하게 줄을 서서 맞고 있다. 나는 할 수 있는 것이 아무것도 없다. 나는 아무것도 아니다.

선진이는 내내 고개를 푹 숙이고 빈 책상만 보고 있었다. 단발머리가 앞으로 쏟아져 얼굴을 절반은 가렸다. 자나? 설마, 우나? 선진이의 어깨를 톡 쳤더니 화들짝 놀라며 내 쪽을 돌아보는데, 목 뒤쪽 머리카락 사이로 검고 가는 끈 같은 게 보였다. 내 시선이 느껴지는지 선진이는 귀에서 이어폰을 빼 재킷 목 부분 안으로 밀어 넣었다.

나는 입 모양으로 소곤소곤 물었다.

"뭐 해?"

"음악 들어."

선진이는 작은 카세트플레이어를 교복 재킷 안주머니에 두고, 이어폰을 목 뒤쪽으로 빼서 귀에 꽂고, 머리카락으로 귀를 가리는 수고로운 방식으로 음악을 듣고 있었다. 그동안 나는 무선 이어폰을 귀에 쏙 꽂기만 하면 되었기 때문에 몰래 음악을 듣는 게 이렇게 어려운 일인 줄 몰랐다.

"무슨 음악을 그렇게까지."

"귀 막으려고. 애들 맞는 소리 괴로워."

그사이 마지막 48번이 손바닥을 비비며 자리로 돌아왔다. 손바닥을 맞은 아이들도 맞지 않은 아이들도 죄를 지은 양 고개를 푹 숙이고 있다. 모두 불행하다. 정말, 모두가 불행하다. 훌쩍이는 소리가 간간이 들렸다. 드디어 이 괴상한 수업인지 폭행인지가 다 끝났구나, 생각하는데 쌤이 성적이 적힌 종이를 다시 펼쳤다.

"17번!"

아무도 대답하지 않았다.

"17번 누구야?"

내 뒷자리, 어제 담임 쌤이 날 봐준다고 투덜대던 바로 그 친구가 부스스 일어나며 손을 들었다.

"17번이야?"

"네."

"너 이 새끼, 아까 웃었던 새끼지?"

"에?"

"아까 최수일이 피했을 때 웃었잖아."

"웃겨서 웃었는데요."

"나와."

"왜요?"

"이 새끼가. 나오라면 나와."

17번은 쿠당탕 요란하게 책상과 의자를 밀치며 교탁 앞으로 나갔다.

"손바닥 올려."

"저 점수 올랐는데요?"

"21점 받던 놈이 24점 받은 것도 오른 거야? 지난번에도 꼴등, 이번에도 꼴등. 너는 열 대야. 거기다가 선생님 비웃은 것 더해서 열한 대."

17번은 몸을 뒤로 빼며 격렬하게 항의했다.

"점수 떨어진 만큼 맞는 거잖아요. 저는 올랐는데 왜 때려요?"

"야, 24점. 꼴등 주제에 너는 부끄럽지도 않냐?"

"안 부끄럽거든요?"

17번은 씩씩거리며 그 자리에 가만히 서 있었다.

"손바닥 내밀어."

17번은 꿈쩍도 하지 않는다. 쌤도 그만둘 생각이 없어 보였다.

"마지막으로 말한다. 손, 올려."

"싫어요. 저는 점수 올랐어요."

17번과 쌤의 실랑이를 보고 있는데 진희 뒤에 섰을 때처럼 심장이 뛰었다. 그때보다 더 크게, 더 빨리, 정말 목구멍으로 튀어나올 것처럼 요동쳤다. 나는 손을 번쩍 들었고, 쌤이 내 쪽을 돌아봤다.

"17번 말이 맞아요. 꼴등이든 24점이든 점수가 올랐잖아요."

때마침 수업을 마치는 종이 울렸고, 옆 반 아이들이 복도로 튀어나와 순식간에 주위가 소란스러워졌다. 우리 반 아이들도 들썩이기 시작했다. 그러고 보니 4교시다. 점심시간이구나. 쌤이 우리 둘을 번갈아 보다가 말했다.

"둘 다 교무실로 따라와."

결국 나는 17번과 교무실 구석에 마주 앉아 반성문을 썼다. 내 배에서 꼬르륵 소리가 났는데 17번이 짜증을 냈다.

"너는 왜 끼어들어서. 밥도 못 먹고. 아, 짜증 나."

"밥은 나도 못 먹고 있거든."

17번은 이름표를 달고 있지 않았다. 17번이라 부를 수도 없고 야, 라고 부르는 수밖에.

"야!"

"왜?"

"너 뭐라고 썼어? 어떻게 써야 돼?"

17번은 내가 쓰던 반성문을 당겨서 쓱 훑어보더니 고개를 절레절레 저었다.

"너 오늘 집에 안 가고 싶냐? 선생님이 잘못한 걸 조목조목 쓰고 있으면 어떡해? 내 거 봐 봐."

17번이 나에게 자기 반성문을 넘겼다. 이름은 윤지수라고 쓰여 있었다.

"네가 잘못했다고 써야지. 무조건 잘못했고, 후회하고, 반성하고, 다시는 안 그러겠습니다, 라고 써. 그렇게 한 번 쓰고 나면 더 이상 쓸 말이 없겠지? 그다음에는 단어만 조금씩 바꿔 가면서 비슷한 말을 쓰는 거야. 계속계속."

정말 지수는 벌써 종이의 절반을 넘게 적어 나가고 있었다. 할 수 없지. 이제까지 썼던 부분을 지우고 지수의 말대로 잘못했다, 후회한다, 내가 왜 그랬는지 모르겠다, 선생님께 죄송하다, 앞으로는 이런 실수를 하지 않을 것이다, 정말정말 죄송하다……, 고 썼다.

그리고 고민하다 마지막에 덧붙였다. 하지만 체벌이 무서워서 공부를 하게 될 것 같지는 않다고, 오히려 시험 못 보면 맞으면 되지 하는 생각이 들 것 같다고. 지수는 자기 반성문을 다 채우고는 비스듬히 턱을 괴고 내 반성문을 내려다보았다. 좀 쑥스러웠다.

"다 썼는데 안 내?"

"같이 내. 기다릴게."

그러더니 낮은 목소리로 조언을 더 했다.

"그리고 수업 열심히 듣겠다, 공부 열심히 하겠다, 성실한 학생이 되겠다, 이런 각오와 다짐으로 마무리하면 돼. 내가 반성문이라면 전문가거든."

이럴 땐 전문가 말을 들어야지. 지수 덕분에 생애 첫 반성문을 무사히 제출했다. 수학 쌤은 우리의 반성문을 양손에 들고 번갈아 보면서 물었다.

"베꼈어?"

서로를 마주 보기만 할 뿐 대답을 못 하고 있는 지수와 내게 쌤이 다시 물었다.

"내용이 똑같은데? 윤지수, 최수일 거 베꼈어?"

"아니거든요?"

지수가 소리를 빽 질렀다. 쌤은 무시하고 계속 읽어 가다가 내 반성문 끝부분에 한참 시선을 두었다. 저기에는 내가 용기 내 덧붙인 말들이 적혀 있다. 긴장하고 있는데 쌤은 큼, 헛기침을 하고는 반성문을 책상 위에 내려놓았다.

"너희들, 열심히 하겠다고 그랬다? 나 내년에 2학년 맡을 거니까 어떻게 하나 보자. 가 봐."

결국 지수는 손바닥을 맞지 않았고 나도 혼나지 않았다. 그래서 이제 수학 쌤이 학생들을 때리지 않게 될까. 그건 아닐 것 같다. 하지만 때리는 걸 아무렇지도 않게 생각하지는 않으면 좋겠다. 어쨌든 잘 마무리되어 다행이라며 교무실을 나서는데 지수가 나 때문에 점심시간 다 날렸다고 투덜거렸다. 그냥 몇 대 맞고 끝낼걸, 그러는 거다.

"그냥 몇 대? 야, 너 열한 대 맞을 뻔했어!"

"그깟 열한 대 맞지, 뭐. 난 아빠한테 백 대도 맞아 봤어."

"백 대? 뼈 안 부러졌어?"

"뼈는 안 부러졌는데 몽둥이가 부러졌지."

지수는 무용담인 듯 거들먹거리며 말했는데 나는 왠지 슬퍼졌다.

"그렇게 별일 아닌 것처럼 말하지 마. 사람 막 때리고 그러면 안 되는 거잖아."

우리는 나란히 그리고 조용히 계단을 올랐다. 교실 앞에 거의 도착했을 즈음 지수가 불쑥 말했다.

"의외다, 최수일."

"뭐가?"

"의리 있어. 호탕하고. 꽉 막힌 스타일인 줄 알았거든."

"최수일이 좀 꽉 막힌 데가 있지."

"뭐냐. 남 얘기하는 것처럼."

"엉? 내가 좀 꽉 막혀서 나도 답답했다고. 나 이 성격 고쳐야 돼, 진짜."

선진이와 진희가 아직 점심을 안 먹고 기다리고 있어서 지수까지 넷이 급하게 도시락을 펼쳤다. 점심시간이 10분도 남지 않아 조마조마했는데 웬걸, 5분 만에 도시락을 깨끗하게 비웠다.

저녁에는 엄마의 책상을 뒤집었다. 한일병원에서 아무 소득 없이 돌아온 이후로 마음이 조급했다. 내가 되기 전의 엄마는, 그러니까 93년의 중학생 최수일은 뭔가를 알고 있지 않았을까. 작은 실마리라도 찾아야 했다. 엄마의 교과서, 노트, 연습장, 수첩 들을 하나하나 펼쳐 보았다. 단정한 글씨체, 반듯한 밑줄, 여백에도 낙서 하나가 없다.

나는 다이어리를 쓴다. 스티커도 붙이고 엽서도 붙이고 마테도 둘러서 예쁘게 꾸민다. 기록보다 꾸미는 데 더 신경을 썼달까. 요즘엔 좀 시들해졌고 대신 스터디 플래너에 꽂혔다. 플래너에 짧게 메모를 남기기도 한다. 중요한 일, 좋았던 일, 기억하고 싶은 일, 그리고 그때의 내 기분이나 다짐, 푸념 같은 것. 좋아하는 노래 가사도. 나중에 넘겨 보면 웃기기도 하고 창피하기도 하고 뭉클할 때도 있다.

엄마가 어렸을 때는 자물쇠 달린 일기장이 유행했단다. 혹시 모르니까 알고만 있겠다는데도 내가 휴대폰 비번을 끝까지 말하지 않자 엄마가 그랬다. 우리 때는 일기장을 잠갔어, 라고.

"진짜 자물쇠가 붙어 있고 열쇠를 꽂아서 여는 거였어."

"엄마도 그렇게 꽁꽁 잠그고 싶은 이야기가 있었으면서 왜 내 휴대폰 비번은 알려고 하는 건데?"

"엄마는 그 자물쇠 일기장 안 썼어."

"그럼 그냥 아무나 열어 볼 수 있게 됐어?"

"일기를 안 썼지."

"교환일기 같은 것도? 옛날 여학생들이 많이 썼다며."

"그런 건 또 어디서 들었대? 응, 안 썼어."

"왜?"

"남기고 싶지 않았어."

타임슬립하는 영화들 보면 일기장을 통해서 비밀도 알고 소통도 하고 그러던데. 엄마가 일기를 열심히 써 뒀으면 이럴 때 얼마나 좋아. 단서도 되고 말이야.

폭탄 맞은 것 같은 책상을 더 엉망으로 만들어 가며 엄마 혼자 쓰고 보는 듯한 연습장을 찾았다. 다른 노트들에 비하면 글씨 크기도 들쭉날쭉하고 중간에 졸았는지 주우욱 그어 버린 부분도 있다. 여기엔 단서가 있을까? 후루룩 넘겨 보니 맨 뒷장에 딱 한 줄이 적혀 있었다.

젊은 날엔 젊음을 모르고 사랑할 땐 사랑이 보이지 않았네.

분명히 엄마 글씨다. 무슨 일이 있었길래 이런 말을. 사랑 타령은 또 뭐야? 실연당했나. 연예인 얘긴가. 갱년기 엄마도 알 수 없지만 사춘기 엄마는 더 알 수가 없다. 엄마의 문장을 소리 내어 읽는데 이모가 갑자기 노래를 불렀다. 엄마가 쓴 글과 똑같은 가사의 노래였다.

"이거 노래야?"

내가 엄마의 연습장을 들이밀며 묻자 이모가 대답했다.

"응, 맞아. 이상은."

"이상은?"

이모는 대답 대신 볼펜 하나를 마이크처럼 잡더니 본격적으로 열창했다.

"젊은 날엔 젊음을 모르고 사랑할 땐 사랑이 보이지 않았네. 하지만 이제 뒤돌아보니 우린 젊고 서로 사랑을 했구우나아~."

노래 가사였구나. 엄마의 비밀이 담긴 줄 알았는데 허무했다.

"너네 엄마 이상은 좋아해."

"서태지 아니고?"

"서태지는 다 좋아하지. 대한민국 청소년들이 다 좋아해. 너네 엄마는 특별히 또 이상은을 좋아해."

이상은. 분명 들어 본 적 있는 이름이다. 언제였지? 검색해 볼 수도 없고, 참. 열심히 기억을 더듬고 있는데 이모가 물었다.

"너는 좋아하는 연예인 있어?"

"걸그룹 중에는 뉴진스, 보이그룹 중에는 세븐틴."

"세븐틴은 열일곱 살이야?"

"아니."

"그럼 열일곱 명이야?"

"아니, 열세 명. 멤버 열세 명에 유닛 셋에…… 아, 그런 게 있어. 복잡해. 미래가 되면 알게 돼."

"그때는 까먹겠지. 그치만 내 딸이 세븐틴을 좋아할 수도 있겠네."

"이모는 딸 없어. 아들만 둘이야. 차우현, 차우진. 걔네는 게임 좋아해. 피파."

나는 그냥 사실을 말했을 뿐인데 이모는 세상을 잃은 표정이 되었다. 입이 벌어지고 볼이 처지고 눈에 초점이 없어졌다. 얼굴의 모든 근육이 기능을 상실한 듯했다.

"나중에 내 딸한테 이런 거 이런 거 해 줘야지, 생각했었어."

이모가 이렇게나 실망할 줄은 몰랐다. 나는 이모의 기분을 풀어 주려 괜히 호들갑을 떨었다.

"걱정하지 마, 이모! 미래에는 아들, 딸 그런 구분 없어. 머리 예쁘게 땋아 줘야지, 뭐 그런 거야? 다 해 줄 수 있어. 어떤 거? 뭘 해 주고 싶은데?"

"피아노 배우게 하고 싶어. 100색 색연필도 사 주고, 책도 많이 읽어 주고."

"오! 우현이 피아노 잘 쳐."

"아, 몰라. 상상이 안 돼. 아들이라니. 그것도 둘이라니."

이모는 머리를 마구 헝클어뜨리며 책상에 엎드렸다. 그렇게 괴로워할 일은 아니라고 말해 주고 싶었지만 더 이상 우현이 우진이 얘기는 하지 않는 게 좋을 것 같았다. 나는 다시 좋아하는 연예인 얘기로 화제를 돌렸다.

"아, 그리고 나 어렸을 때부터 꾸준히 좋아한 가수가 또 있어. 아이유라고."

아이유의 노래를 흥얼거렸다. 바람을 타고 날아오르는, 음음음음……. 가사가 잘 생각나지 않아 절반을 허밍으로 채우다가 불쑥 떠올랐다. 그래, 비밀의 화원! 비밀의 화원이다! 내가 〈비밀의 화원〉을 부르니까 엄마가 좋아하는 노래라며 반가워했었다. 태어나기도 전에 나온 노래를 어떻게 아느냐, 그렇게 오래된 노래는 아니다, 서로 의아해하다가 우리가 다른 노래를 말하고 있다는 것을 알았다. 나는 아이유의 리메이크곡, 엄마는 이상은의 원곡.

그때 엄마가 이상은의 노래를 몇 곡 들려줬다. 솔직히 내 취향은 아니라고 대답했다. 그래도 엄마는 즐거워 보였다. 내가 좋아하던 노래를 딸이 좋아하는 가수가 다시 부르다니, 하면서. 이후에도 내가 '아이돌 리메이크 명곡' 같은 플레이리스트를 듣고 있으면 원곡자라도 되는 양 뿌듯해했다. 나는 종종 엄마 취향이 올드하다고 했었다. 그래서인 줄 알았다. 그것 봐, 네가 듣기에도 좋지? 그런 의미라고 생각했다. 그런데 엄마는 알 수 없는 얘기를 했다.

"시간이 과거에서 미래로만 흐르는 건 아닌 것 같아. 미래의 일 덕분에 과거가 다시 이해되기도 하고, 현재가 아닌 미래를 기준으로 선택하기도 하고. 사람들은 사실 과거와 현재와 미래를 동시에 살고 있지."

뭔 소리야.

"유행은 돌고 돈다, 그런 뜻이야?"

"나이를 먹으니까 앞으로 일어날 일들을 알게 되더라고. 예지력이 생긴다는 게 아니라, 데이터가 쌓이고 제조합되면서 과거의 일들뿐 아니라 미래의 일들도 그냥 알게 돼. 의미를 몰랐던 일들을 뒤늦게 깨닫고 나면 과거 어느 지점에 멈춰 있던 시간이 다시 흐르기도 하고."

진짜 뭔 소리야, 그랬었다, 그때는.

시간이 이렇게 이상하게 꼬여 버리고 나니 조금은 알 것도 같다. 우리가 이상은을 들은 건 우연이 아니라, 이상은을 좋아하던 중학생 최수일의 필연적 미래였다. 그리고 이모는 미래의 아들들에 대해 알게 되었으니 지금부터는 나중에 내 딸한테……, 하는 상상은 하지 않게 되겠지.

연습장 마지막 페이지에 적힌 가사를 다시 읽어 보았다. 열네 살의 엄마는 아마 가사의 의미를 제대로 이해하지 못했을 것이다. 왜인지 그냥 귓가에 걸렸던 거지. 시간이 많이 지나고 나서야 이 노래가 또 다른 의미로 마음에 와닿을 거고, 그 순간부터 열네 살에 멈춰 있던 어떤 감정 하나가 뒤늦게 자라나지 않을까.

나는 필통에서 볼펜을 꺼냈다. 그리고 연습장에 한 글자 한 글자 눌러쓰기 시작했다. 과거와 현재와 미래가 동시에 흘러가고 있었다.

교실로 들어오는 진희의 얼굴이 퉁퉁 부어 있었다. 어제 아빠한테 많이 혼났나. 단어와 주제를 골라 조심스럽게 말하며 진희의 마음에 상처를 내지 않으려 애썼다. 선진이도 비슷한 마음인 듯했다. 말할 때마다 진희를 흘끔거렸다. 웃을 때도 진희 쪽을 보면서 웃었다.

쉬는 시간에는 얌전히 오목을 뒀다. 선진이의 모눈종이 연습장을 네 장이나 썼다. 3교시가 끝나고는 다 같이 화장실에 갔다. 진희가 가자고 했다. 93년의 여중생이 되어서 정말 이해할 수 없는 일 중의 하나는 화장실 칸 앞에 꼭 붙어 서서 기다려 주는 문화였다. 대체 왜 이 개인적이고 비밀스러운 생리 현상을 공개하는지 알 수 없었다.

분위기를 깨지 않으려 나도 문 앞에서 기다리다 보니 곧 이유를 알게 됐다. 일단 화장실이 어둡고 무섭다. 왜 조명 한두 개는 꼭 꺼져 있고 잠금 걸쇠도 죄다 고장 나 있는 걸까. 또 제대로 닫히지 않는 창문이 있어서 바람이 불면 휭휭 덜컹덜컹 음산한 배경음이 깔린다. 혼자 있기가 무서우니 대화를 나눌 수 있는 거리에 친구를 세워 두는 것이다. 기다리는 친구가 문 아래로 발을 넣어서 발등으로 문이 열리지 않게 붙잡아 줘야 하기도 하고.

진희가 들어가 있는 칸 앞에 서서 나는 아무 말이나 했다. 화장실 좀 깨끗하면 좋겠다, 칸마다 화장지 있으면 좋겠다, 조명이 밝으면 좋겠다, 그치 진희야?

그러자 진희가 말했다.

"나는 온수! 따뜻한 물 나오면 좋겠다."

"당장은 모르겠고, 한 30년쯤 후에는 그럴걸?"

화장실에서 나오는 진희의 표정이 갑자기 무척 결연했다.

"응. 그렇게 될 거야. 그리고 성적 때문에 맞는 애들은 없을 거야. 아니, 어떤 이유로도 맞는 애들은 없을 거야. 나는 학생들을 때리지 않을 거니까. 다른 선생님들한테도 때리지 말자고 할 거니까. 학교도 잘 고쳐 줄 거야. 교무실, 교직원 식당, 교직원 화장실 말고 학생 시설부터."

진희는 선생님이 되고 싶구나. 절대 학생들을 때리지 않는 선생님, 학교 환경을 개선하려 노력하는 선생님, 동료들과 협력하는 선생님. 나는 진희의 학생이 되고 싶다. 2023년으로 돌아간다면 진희가 선생님이 되었는지 엄마한테 물어봐야겠다.

교실로 돌아오는데 중앙 계단의 등수 벽보가 보였다. 종이가 붙은 아침만 아수라장이었지 곧 학생들은 무관심해졌다. 사실 애써 모른 척 의식적으로 안 보려고 하는 것 같다. 볼 때마다 속상하고 화가 나지만 어떻게 할 수가 없으니까.

나란히 걷던 진희의 숨소리가 거칠어지는 게 느껴졌다. 돌아보니 얼굴은 벌겋게 달아올랐고 눈 아래 근육이 미세하게 떨리고 있었다. 손을 호호 불다가 물기를 탈탈 털다가 하며 우리를 뒤따라오던 선진이도 걸음을 멈췄다.

"진희야."

나는 진희의 팔짱을 끼면서 작게 이름을 불렀다. 선진이도 성큼성큼 다가와 진희의 어깨를 부드럽게 짚었다. 우리의 몸짓에는 알아, 진정해, 괜찮아, 이런 의미가 담겨 있었다.

하지만 진희는 우리의 손을 천천히 밀어 내고는 계단으로 가더니 벽보를 향해 팔을 뻗었다. 손가락만 겨우 벽보의 끝자락에 닿는 정도인데 까치발을 들어 기어코 모서리 부분을 찢었다. 그러고는 제자리에서 팔짝팔짝 뛰며 손이 닿는 만큼씩 벽보를 찢어 냈다. 계단 두 칸에 한 발씩 디디고 서서, 위를 올려다보며 뛰는 모습이 너무 위험해 보였다.

"뛰지 마! 그러다 미끄러지면 어쩌려고 그래."

선진이가 뛰어가 뒤에서 진희를 붙잡으며 내게 말했다.

"너도 좀 말려! 선생님들 보시면 큰일 나."

진희를 말릴 수 있을까. 왜 말려야 할까. 진희가 다칠까 봐? 처벌을 받을까 봐? 순간 머릿속에서 반짝 하고 작은 전구 하나가 켜졌다.

나는 교실로 달려가 열린 뒷문 앞에 섰다. 쉬는 시간이 끝나갈 즈음이라 친구들은 대부분 제자리에 앉아 있었다. 나는 아랫배에 힘을 주고 있는 힘껏 외쳤다.

"얘들아! 우리 등수 벽보 찢어 버리자! 지금 찢고 있어. 같이 하자!"

와아아아아! 환호와 함께 아이들이 모두 뛰어나와서 계단의 벽보를 뜯어내고, 바닥에 떨어진 종이를 밟고 찢고…… 하는 장면을 상상했다. 그럴 줄 알았다, 정말.

그런데 교실에는 정적만 흘렀다. 의아한 얼굴로 나를 돌아볼 뿐 아무도 움직이지 않았다. 단 한 명도.

"너희는, 저 벽보, 괜찮아?"

목소리가 띄엄띄엄 힘겹게 나왔다. 모두 나와서 벽보를 찢어 버리면, 우리가 다 같이 한 거라고 그러면, 학교에서도 어쩌지 못할 거라고 생각했다. 이 많은 아이들을 징계할 수는 없을 테니까.

뒤늦게 내가 성급했다는 것을 깨달았다.

망. 했. 다.

풀 죽어 돌아서려는데 나의 반성문 메이트, 지수가 자리에서 벌떡 일어났다. 지수는 가자! 씩씩하게 외치더니 계단이 아니라 화장실로 달려갔다. 응? 지수가 양동이를 들고 화장실에서 나왔다. 양동이에서는 물이 출렁출렁 넘쳤고, 지수는 넘어질 듯 휘청 거리며 계단 쪽으로 뒤뚱뒤뚱 다가왔다.

물은 왜? 대체 뭘 하려고? 나도, 선진이도, 진희도, 복도를 지나 가던 모르는 학생도 어리둥절해 있는데 지수가 소리쳤다.

"다 비켜!"

그러고는 양동이를 불끈 들어 올려 벽보를 향해 던지듯 물을 뿌렸다. 쫙! 거인이 자기보다 큰 거인에게 따귀를 맞는다면 이런 소리가 날까. 벽보는 물벼락을 정통으로 맞았고, 사방으로 물이 튀고 흘러 주변이 엉망이 됐다.

진희가 다가가 물에 젖은 벽보를 잡아당기자 윗부분이 벽에서 떨어지며 그 커다란 종이가 단번에 바닥으로 고꾸라졌다.

젖은 종이 더미. 쓰레기. 그냥 아무것도 아닌 것.

그때 수업 시작을 알리는 종이 울렸다.

종소리가 현실을 깨운 듯 지수와 진희도, 나와 선진이도 그대 로 얼어붙었다. 복도와 계단에서 구경하던 많은 아이들이 황급히 교실로 돌아가고, 우리 반 몇 명만 멀찌감치 서서 흥미로운 표정으로 지켜보고 있었다. 나는 이 모든 장면이 꿈처럼 느껴졌다. 이건 악몽일까.

계단 아래쪽에서 발소리가 들리기 시작했다. 선생님들의 목소리도. 1층 교무실에 계시던 쌤들이 수업하러 올라오는 모양이었다. 네 명. 징계하기에 전혀 부담스럽지 않은 인원이다. 어쩌면 정학, 못해도 반성문이겠지. 선진이와 진희, 지수의 얼굴이 차례로 보이고 순간 친구들을 지켜야 한다는 생각이 머릿속을 가득 채웠다. 마침맞게 계단참의 소화기가 눈에 들어왔다. 나를 위해, 이 순간을 위해, 딱 알맞은 자리에 오래도록 세워져 있었던 것 같다. 그래, 처벌은 나 혼자 빚을게! 나는 소화기를 들고 와 안전핀을 뽑았다.

"거기 누구야? 너희들 뭐 하는 거야?"

가장 앞서 오던 수학 쌤이 우리를 보고는 눈이 동그래져서 막대를 휘둘렀다. 내 손바닥을 때리던 그 막대. 그 뒤로 다른 쌤들은 놀라 뒷걸음쳤다. 흥. 그러거나 말거나. 나는 계단 위의 친구들에게 소리쳤다.

"도망쳐!"

호스를 바닥으로 향한 후 손잡이를 잡았다. 오래 사용하지 않아 뻑뻑해졌는지 처음에는 손잡이가 전혀 움직이지 않았다. 나는 손을 폈다가 다시 힘껏 손잡이를 쥐었다. 삐걱. 걸려 있던 뭔가가 툭 열리는 느낌이 손바닥으로 전해져 왔다. 그리고 터지듯 엄청난 기세로 뿜어져 나오는 흰 가루.

나는 소화기의 힘을 못 이기고 뒤로 밀리다 소화기를 꼭 붙잡은 채로 넘어져 바닥에 굴렀다. 바닥도, 계단도, 가장 앞에 서 있던 수학 쌤도 온통 흰 가루를 뒤집어썼다. 물론 나도.

10

엄마, 최수일, 2023

밤에는 윤슬 아빠와 엄마와 언니가 교대로 나, 그러니까 윤슬이와 병원을 지킨다. 하루는 윤슬 아빠가 나를 챙기고 엄마가 병원을 지키고 언니가 쉬고, 다음 날은 언니가 나를 챙기고 윤슬아빠가 병원을 지키고 엄마가 쉬고, 그런 식이다. 내가 혼자 있어도 된다고 하자 윤슬 아빠가 펄쩍 뛰었다.

"너 한 번도 혼자 자 본 적 없잖아. 그리고 아침에 학교도 가야하고."

엄마도 어린애를 어떻게 혼자 집에 두냐며 반대했다. 아니, 내나이가 마흔넷인데 집에 혼자 못 있겠수? 물론 말할 수는 없었다.

오늘은 윤슬 아빠가 내 당번이라 둘이 집으로 돌아왔다. 윤슬아빠가 가방도 들어 주고 보폭도 맞춰 준다. 윤슬 아빠는 이런사람이다. 아직도 함께 외출할 때면 내 가방을 대신 메고 내 손을 깍지 껴 잡는다.

윤슬이가 좋아하는 불고기를 저녁 메뉴로 만들고, 내가 샤워를 마치고 나오자 머리칼을 꼼꼼히 말려 주고, 침대에 누우니 잘 자라며 어깨까지 이불을 덮어 주고 나간다. 윤슬이인 줄 알고 수면등을 켜고 블라인드도 다 닫지 않았다. 원래 나는 암막커튼을 쳐서 주변을 완전히 깜깜하게 해 놓고 작은 소리도 새어 들지 않게 창문, 방문을 꼭 닫고 자는데. 이렇게 밝은 데서 잠이 오겠나 싶다. 윤슬 아빠가 잠들면 조용히 일어나 불도 끄고 블라인드도 내려야지 생각하며 눈알만 굴렸다.

돌고래 담요에서 아기 냄새가 폴폴 난다. 윤슬이는 이제 키도 나만 하고 힘은 나보다 더 센데 몸에서는 아기 냄새가 난다. 아기도 아닌데 아기 냄새가 난다고 하면 윤슬이는 아직 아기니까 그렇지, 하며 어리광을 부렸다. 그렇게 안아 달라 재워 달라 받아 달라고 엉겨 붙다가도 갑자기 상관 말라며 방문을 쾅 닫곤 했다. 맥락 없는 윤슬이의 감정을 이해하기도 맞춰 주기도 어려웠다. 너무 이뻐서 그럴까. 내 애정과 관심이 아이를 망칠까 두려웠다.

윤슬이의 휴대폰을 열어 본다. 첫 화면에 자주 쓰는 앱을 모아 두었다. 전화, 카톡, 인스타, 카메라, 사진첩, 웹툰과 에이블리. 궁금한 게 너무 많다. 친구 목록부터 대화 내용의 한 문장 한 문장, 친구들과 찍은 사진과 동영상들, 어떤 웹툰을 보고, 무슨 물건을 장바구니에 넣어 뒀는지 샅샅이 보고 싶다. 수없이 갈등했다. 카톡 아이콘을 한참 노려보다가 인스타 아이콘 위에 손가락을 올렸다가 사진첩 카테고리를 계속 들여다보았다.

나와 열 달 동안 한 몸이던, 그러고도 한참을 내 품 안에 있던 아기는 이미 우리의 세상에서 한 발을 뺐다. 윤슬이는 요즘 나에게서 부쩍부쩍 멀어지고 있다. 내가 모르는 친구, 내 허락을 받지 않은 약속, 내가 사 주지 않은 펜과 머리핀, 화장품, 닫힌 방문 너머에서 들리는 통화 목소리, 나에게는 말하지 않는 고민, 기쁨, 슬픔, 분노 들. 적당히 눈치채기도 하고, 조심스럽게 물어보기도 하고, 모르는 척 넘어가기도 했다.

윤슬이는 윤슬이의 시간, 윤슬이의 공간, 윤슬이의 인간관계를 만들며 자신만의 세상으로 조금씩 조금씩 걸어가는 중이다. 그걸 잘할 수 있도록 지켜보고 기다리고 돕는 게 내 역할이라는 것을 안다. 하지만 떠나보내려고 시작하는 관계가 있을까. 아무것도 남지 않을 것을 알면서 모든 것을 쏟아붓는 관계가 또 있을까.

나는 윤슬이의 휴대폰을 보지 않기로 했다. 그러자 윤슬이가 더 보고 싶어졌다. 윤슬이의 마음은 지금 어디 있는 걸까.

그때 주방 쪽에서 철컥 캔 따는 소리와 치익 거품이 꺼지는 소리가 난다. 이 인간이 맥주 마시는구나! 그래, 속상할 수 있다. 그런데 술 때문에 일이 이렇게 되었으면 술은 쳐다보기도 싫어야 하는 거 아닌가. 물론 술은 내가 더 자주 마시지. 그런데 소주 반

병이면 기절인 사람이 자꾸만 이렇게 주량 파악을 못 하니, 원.

담요를 박차고 일어났다. 성큼성큼 주방으로 나갔는데, 윤슬 아빠가 사이다 캔을 들고 앉아 있다. 사이다?

"윤슬이 왜? 잠이 안 와?"

"아니. 화장실."

괜히 화장실만 한 번 더 다녀왔다. 모두 저 인간의 음주 때문에 생긴 일이라고 생각하면 배 속에서 울화가 부글부글 끓어오른다. 그러다가도 종일 병상 지키며 물수건으로 얼굴부터 손발 다 닦고, 수시로 자세 바꿔 눕히고, 대소변 처리하는 것을 보면 고맙기도 하다. 괴로운 마음에 한잔하고 싶었나 본데, 차마 술은 못 마시고 사이다만 홀짝거리다니 안쓰럽고 귀엽다.

나도 이런 내가 어이없다. 윤슬이가 맨날 둘이 잘 맞아, 둘이 똑같아, 그런다. 그럴 때마다 아니라고 펄쩍펄쩍 뛰었는데 사실은 윤슬이가 제대로 봤는지도 모르겠다. 부부가 잘 맞고 똑같으니까 같이 사는 거겠지.

가족이라고는 딸랑 셋. 그런데도 나는 두 사람에 대해서 너무 모르고 있었다는 생각이 든다. 그리고 나 자신에 대해서도.

급식 반찬으로 마라샹궈가 나왔다. 오, 요즘 학교 급식에는 이런 것도 나오는구나. 알싸하고 매콤한 냄새가 훅 끼친다. 벌써 코가 얼얼한데 윤슬이는 이런 게 왜 좋지? 호기심에 작은 건두부를 입에 넣어 본다. 입맛이 확 돈다. 건두부 또 한 조각. 다음으로 소고기, 버섯, 배추…… 줄줄이 연결된 것처럼 젓가락질이 멈추지 않는다. 생각보다 맵지 않고 괜찮은데? 아, 윤슬이의 몸이니까 입맛도 윤슬이 그대로인가 보다.

마지막 밥알까지 싹싹 긁어 먹고, 국도 남김없이 다 마셨다. 반찬은 말할 것도 없고. 오늘따라 조리사 쌤이 밥을 가득 담아 주셔서 배가 엄청 불렀다.

볼록해진 배를 통통 두드리는 나를 수빈이가 걱정스러운 눈으로 쳐다본다.

"춤추면 배 출렁거리겠다."

춤? 무슨 춤? 내가 의아한 얼굴로 아무 대꾸를 않자 수빈이가 내 눈을 보며 또박또박 말했다.

"축제 연습."

아, 생각났다!

윤슬이네 학교는 겨울방학 직전에 축제를 한다. 동아리 특별 공연 이외에 총 열다섯 팀이 무대에 오르는데, 노래, 춤, 연주, 연기, 어떤 내용이든 상관없고 팀도 자유롭게 꾸려 오디션을 볼 수 있다. 전공할 생각으로 악기를 배우거나 성악을 하거나 무용하는 친구들이 대부분일 줄 알았더니 아이돌 커버곡을 부르거나 커버댄스를 하는 팀이 더 많단다. 심지어 지원 팀이 많아 경쟁률도 꽤 높다고 했었다.

눈을 반짝이며 말하는 윤슬이에게 나는 시큰둥 되물었다.

"다들 학원에 숙제에 바쁜데 지원자가 많다고?"

질문이 무색하게도 윤슬이가 바로 그 지원자 중 한 명이었다.

"응. 나도 이번 축제 오디션 볼 거야."

"네가? 뭘로?"

"커버댄스."

"너 춤 잘 춰?"

"아니. 전혀."

"그런데 왜?"

"재밌잖아."

그러더니 윤슬이는 당당히 오디션을 통과했다. 지난주에 기말 고사가 끝났고 곧 방학이니까…… 축제가 얼마 남지 않았을 것 이다. 설마. 설마.

왜 불안한 예감은 틀린 적이 없나. 수빈이가 말했다.

"지금 중앙 현관 가서 잠깐 연습하고, 내일 연습실 빌려 놓은 데서 최종 점검하고, 금요일에 잘하자!"

금요일에 잘하자고? 그럼 축제가 이번 금요일인 건가.

그러니까 내가, 당장 내일모레, 축제 무대에 올라서, 아이돌 커버댄스를 춰야 한다는 뜻이다. 내가? 춤을? 전교생 앞에서? 내 마지막 댄스는 국민학교 시절 운동회에서 추었던 부채춤이라고!

중앙 현관 벽에 커다란 거울 두 개가 나란히 붙어 있어서 연습하기는 좋아 보인다. 이미 우리 팀 말고도 춤 연습을 하고 있는 팀들이 있다. 서로 적당히 거리를 두고 위치를 바꿔 가며 질서 정연한 것으로 보아 이 거울 앞이 유구한 축제 연습 공간인 듯하다.

수빈이와 윤서, 지민이, 그리고 민하라는 친구까지 한 팀이었다. 민하 이름은 못 들어 본 것 같은데. 민하는 언제부터 친했지? 생각하는데 지민이가 힘내자며 초콜릿을 한 알씩 나눠 준다. 아이들은 초콜릿을 까먹고 익숙하게 빈 공간을 찾아 자리를 잡았다.

수빈이가 내 손목을 잡아당겨 자기 옆에 세운다. 아, 어쩌지. 엉거주춤 눈치만 보는 사이 아이들은 어깨와 발끝으로 리듬을 타다가 동시에 동작을 시작한다.

"원, 투, 쓰리, 포……."

맨 앞에 선 윤서가 멈춰 서더니 거울을 통해 내게 묻는다.

"너 왜 가만히 있어?"

모르니까. 노래도! 춤도! 모르니까!

하지만 모른다고 할 수 없다. 나는 급히 배를 부여잡고 허리를 숙였다.

"아! 아, 배야!"

수빈이가 미간을 살짝 찌푸렸다.

"으이그, 오늘 많이 먹더라. 평소에는 급식 잘 먹지도 않으면서."

평소에 급식을 잘 안 먹었어? 이 녀석이 정말. 그런데 진짜 속이 아파 오기 시작한다. 밥을 너무 많이 먹었나. 수빈이가 물었다.

"어떡해. 얼굴 하얘졌어. 괜찮아? 보건실 같이 가 줄까?"

"아니. 그 정도는 아닌데 춤은 못 추겠어. 오늘은 저기 앉아서 보고 있을 테니까 너희끼리 연습해. 얼른 연습해. 얼른, 얼른!"

아이들은 내 자리를 비워 놓고 다시 연습을 시작한다. 팔을 휙휙 돌리고, 손목을 흔들고, 무릎을 세워 앉았다 일어나고……. 아무리 봐도 내가 저 동작들을 따라 할 수 있을 것 같지가 않다. 어깨에서 우두둑 우두둑 소리가 나지 않을까. 도가니 다 나가겠는걸. 몸을 저렇게 흔들다가는 토할 것 같아. 아, 못 한다고 할까.

노래는 귀에 익다. 허밍으로 흥얼흥얼 따라 부르는 사이 춤과 노래는 클라이맥스를 향해 달려갔고 드디어 후렴 부분이 나오며 나는 곡의 정체를 알아차렸다. 웃음이 터진다. 하, 하, 하아입보이? 너희들, 그래서 다섯 명이었니?

언니가 하교 시간에 맞춰 학교 앞으로 왔다. 이모라는 말도 선뜻 나오지 않고 언니라고 부를 수는 없어서 호칭은 생략했다.

"학교까지 무슨 일이야?"

"오늘 내가 네 당번이니까. 병원 들를 거지?"

그러려고 했는데 잘 모르겠다. 당장 춤 연습을 해야 할 것 같기도 하고, 지금 춤이나 추고 있을 때인가 싶기도 하고. 진흙탕에 푹푹 빠지는 것처럼 발걸음을 옮기기가 힘들었다. 내 머뭇거림을 눈치챈 언니가 물었다.

"걱정돼?"

"응."

"뭐가?"

이대로 내가 깨어나지 못할까 봐, 내가 윤슬이로 살아가야 할까 봐, 진짜 윤슬이를 잃게 될까 봐.

"모레 학교 축제에서 춤을 추라는데……."

꺼내지 못할 비밀은 남겨 두고 말할 수 있는 고민만 털어놨다. 이어지는 내 얘기를 심각하게 듣던 언니가 되물었다.

"그러니까 네가 학교 축제에서 커버댄스를 추기로 되어 있고, 그게 당장 모레고, 그래서 연습이 필요한데, 지금 춤이나 추고 있을 때가 아닌 것 같다, 이거야?"

"응……."

"그럼 축제는 안 나갈 거야? 여럿이 약속한 무대잖아. 너 빠지면 그 팀은 어떻게 되는데?"

춤추며 즐거워하던 아이들이 떠올랐다. 게다가 윤슬이가 기대하고 준비해 오던 일을 망칠 수는 없다.

대답을 못 하고 있는데 언니가 말했다.

"30년 전에, 나는, 윤슬이를 만난 적이 있어."

이 언니가 갑자기 무슨 헛소리야.

"딱 일주일이었고, 솔직히 확신은 없었어. 수백 번, 아니 수천 번을 곱씹었어. 내가 꿈을 꿨나, 아님 내 동생이 반항했던 건가, 아파서 잠깐 딴사람이 됐었나. 별별 생각이 다 들더라고. 그러다가 조카가 태어났는데, 여자아이라는 거야. 이름을 강윤슬로 지었다는 거야. 내가 오래도록 잊지 않았던 그 이름. ……너 최수일이지?"

헉. 나도 모르게 시선을 피했다.

기억을 더듬어 본다. 30년 전 일주일이면 혹시 그 일을 말하는 건가. 도시락, 가출, 기억상실. 1993년 겨울을 생각하면 으스스하고 허기가 진다. 마음이 뻥 뚫려 버린 기분, 그 사이로 바람이 휭휭 드나드는 느낌.

도시락 때문에 속상해서 집을 나갔고 발 닿는 대로 골목골목을 걸었다. 태어나 줄곧 살아온 동네였고, 다녔던 유치원과 국민학교가 근처라 아는 아이들도 많았는데 신기할 정도로 그날은 아무도 마주치지 않았다. 주변이 어두워질 즈음, 기운도 없고 갈 곳도 없고 집에 가기는 싫어서 동네 놀이터로 갔다. 근처 고등학교 교복을 입은 언니 둘이 그네를 타고 있었다. 나는 얼른 미끄럼틀로 올라갔다. 유치해서 내 또래들은 아무도 올라가지 않는 새 미끄럼틀.

이전의 철제 미끄럼틀은 높고 슬라이드도 가팔랐다. 계단도 빙글빙글 돌아 올라가게 되어 있어서 위험하지만 스릴이 있었다. 하지만 오래되어 녹슬고 삐걱거리다 결국 교체되었는데 새 미끄럼틀은 너무 낮고 작았다. 완만한 슬라이드는 손잡이를 잡지 않고도 거꾸로 걸어 올라갈 수 있을 정도였다. 심지어 슬라이드 위의 구조물이 지붕을 얹은 작은 집 모양으로 꾸며져 있어 꼬맹이들에게 소꿉놀이 공간으로 사랑받았다. 모양뿐인 가짜 창문에, 손으로 바늘을 돌릴 수 있는 가짜 시계, 의미 없는 숫자 장식까지.

구석으로 몸을 더 구겨 넣었다. 시간을 빨리 돌려 버리고 싶어서 괜히 플라스틱 시곗바늘을 만지작거렸던 기억이 난다. 시곗바늘이 무척 뻑뻑했다. 그래서 돌아갔나? 돌아가지 않았나? 그다음에 뭘 했는지는 또 기억나지 않는다.

금요일 저녁이었고 다시 정신을 차린 것도 금요일 저녁이었다. 꼬박 일주일이 지난 금요일 저녁. 그사이 나는 평소와 똑같은 일상을 보냈다고 한다. 잘 먹고, 잘 자고, 학교도 잘 다니고. 아니, 사실 똑같지는 않았다. 나답지 않은 짓을 잔뜩 저질러 놓았더랬다. 나중에 듣고 까무러칠 뻔했다. 수습하느라 고생을 좀 하기도 했고. 그런데 전혀 기억나지 않았다.

내가 한 일이라는데 나만 모르고, 나는 너무 이상한데 다들 태연하고, 나는 아프지도 않은데 아직 낫지 않은 거랬다. 미치고 팔짝 뛸 노릇이었지만 계속 의문과 불안을 품고 살다가는 정말 미쳐 버릴 것 같아서 그냥 받아들이기로 했다. 내가 했나 보다, 내가 좀 아팠나 보다.

그 수수께끼가 시간이 흘러 여기까지 왔다. 그리고 지금 언니는 기억이 사라졌던 일주일 동안 먹고 자고 학교에 다니며 온갖 사고를 쳐 놓았던 사람이, 내가 아니라 윤슬이였다고 말하고 있다.

"지난주 토요일에, 수일이 입원한 병원에서 우리 만났을 때 말이야. 윤슬이가 평소랑 좀 다르다 싶었어. 내 조카 윤슬이가 자꾸 내 동생 수일이처럼 구는 거야. 그리고 네가 엄마한테 그랬다며? 그깟 맨투맨 하나 때문에 싸웠다고. 나 그 맨투맨 얘기 30년 전에도 들었어, 수일이 모습을 한 윤슬이한테."

둘이 바뀌었다? 그러니까 윤슬이 마음은 1993년의 내 몸속에 들어갔고, 내 마음은 2023년의 윤슬이의 몸속에 들어왔다? 그게 가능하냐고 묻고 싶지만, 가능하다는 것을 누구보다 내가 잘 알고 있다. 내가 지금 윤슬이니까. 어지럽고 혼란하다.

온갖 생각과 기억들이 쏟아져 정신이 없는데 언니가 묻는다.

"솔직히 말해 봐. 너 수일이지?"

어쩔 수 없다.

"언니……."

언니는 놀라지도 당황하지도 않고 고개를 끄덕인다. 그러곤 응원하듯 내 어깨를 툭툭 두드렸다.

"걱정 마. 딱 일주일이었어, 바뀐 기간은. 다 제자리로 돌아와."

"돌아와?"

"윤슬이도 다시 돌아가지 못할까 봐 되게 불안해했었거든. 과거와 현재를 잇는 통로를 찾겠다고 집 안도 뒤집고 동네도 뒤집고 그랬어. 근데 딱 일주일 되니까 원상복귀되더라고. 짠! 하고 모든 게 제자리. 그러니까 이제 걱정 말고 즐겨 봐. 이런 기회가 아무한테나 오겠니."

일주일 만에 내가 나로 돌아왔던 건 사실이다. 그러니까 널모레면 1993년에 가 있는 윤슬이 마음이 지금의 윤슬이 몸으로 돌아오고, 지금 윤슬이 몸 안의 내 마음은 병원에 누워 있는 내 몸 안으로 돌아간다는 거지? 공자는 마흔에 미혹되지 않게 되고 쉰에 하늘의 명을 알았다는데, 나는 마흔넷에 딸의 중학교 강당에서 하입보이를 추게 되었다. 어쩌면 이것도 하늘의 명이겠지. 그래, 제대로 해 보자! 이왕 하는 거 윤슬이만큼, 아니 뉴진스만큼 잘 해내는 거야.

언니를 보내고 혼자 집으로 돌아왔다. 혹시 엄마나 윤슬 아빠가 갑자기 들어올까 봐 이중 잠금 걸쇠를 걸고 거실 TV를 켰다. 유튜브에서 '하입보이 안무'를 검색하자 관련 영상이 너무 많이 떴다. 윤슬이가 거울모드 뭐라고 했는데. 영상 몇 개를 돌려 보고서야 거울모드가 좌우를 반전시킨 영상이라는 것을 알 수 있었다. 그대로 보고 따라 하면 되니 연습하기 좋겠다 싶어 가장 조회수가 높은 거울모드를 플레이했다. 내가 저 두 번째 서 있는 친구 역할이라는 거지.

차분히 눈으로 먼저 보고, 두 번째부터 따라 해 본다. 따라 한 줄 알았다. 휴대폰으로 내 모습을 찍어 확인해 보니 정말, 완전, 엉망이다. 그냥 관절을 꺾고 있을 뿐이다.

초 단위로 일시정지를 해 가며 모든 안무를 메모했다. 팔짱, 좌 둘, 우 둘, 좌 둘, 우 하나, 어깨 으쓱, 숙이고⋯⋯. 읽으면서 천천히 동작을 해 보면 비로소 이해가 됐다. 그리고 속도를 조금 올려서 해 보고, 다시 더 빠르게 빠르게 반복했더니 서서히 몸에 익었다. 익은 줄 알았다. 다시 휴대폰으로 내 모습을 찍어 봤더니 여전히 엉망이다. 관절을 좀 더 부드럽게 꺾고 있을 뿐이다. 이를 어째.

열 장의 안무 메모를 벽에 붙여 놓고 구령처럼 문구를 외치면서 다시 반복, 반복했다. 세상도, 일도, 사랑도 글로 배웠는데 이제 춤도 글로 익히네. 윤슬이는 영상만 보고 이 안무들을 어떻게 외웠을까.

보일러를 끄고 창문을 활짝 열었는데도 셔츠가 땀에 젖어 등에 달라붙었다. 어린 윤슬이의 몸은 삐걱거리지도 휘청거리지도 않지만 숨은 차다. 한 번씩 종아리와 허벅지가 당기기도 한다. 하지만 연습을 할수록 은근 재밌다.

처음에는 머릿속으로 다음 동작을 생각하느라 바짝 긴장했는데 어느 순간부터 여유롭게 즐기는 나 자신을 발견했다. 연습을 위해서가 아니라 재밌어서 춤을 추다 보니 열두 시가 지나고 한 시, 두 시, 세 시가 지났다. 해가 떠오르려 할 즈음에야 잠깐 눈을 붙였다. 꿈에서도 춤을 췄다.

연습실에 처음 와 본다. 윤슬이가 연습실을 대여했다고 했을 때는 애가 진짜 아이돌을 하려는 걸까 진지하게 생각했었다. 요즘 애들은 축제나 행사 연습, 수행평가 준비, 아니면 그냥 춤추며 놀기 위해서도 흔하게 연습실을 대여한다는 것을 알았다. 나는 운동장에서 모래 날리며 부채춤 연습했는데. 아, 그만. 나 때 생각은.

지민이가 가방에서 초콜릿이며 쿠키, 젤리를 한 움큼 꺼내 테이블에 올려놓는다. 지민이한테는 항상 간식이 있네.

"아, 송지민 진짜. 오늘은 간식 금지! 두 시간만 예약했으니까 집중 모드로 얼른 끝내자!"

윤서가 휴대폰을 연습실 스피커에 연결해 음악을 틀었다. 스피커가 조명과도 연결된 건지, 조명에 특수 기능이 있는 건지 음악에 따라 조명의 색과 밝기가 달라졌다. 조명이 한 번씩 꽝꽝 밝아질 때마다 심장이 쾅쾅 뛰었다. 어제 연습한다고는 했지만 다 같이 맞춰 보려니 떨린다.

"잠깐, 잠깐!"

윤서가 갑자기 모두를 멈추게 하더니 물었다.

"윤슬아, 아직도 배 아파?"

"아니. 아닌데."

"근데 왜 그렇게 꼿꼿하게 서 있어? 강윤슬 바이브가 아닌데?"

"긴장돼서. 내일 무대에 오른다고 생각하니까 너무 떨려."

내 대답에 아이들은 모두 의아함을 넘어 어처구니없다는 표정으로 잠시 멈칫하더니 까르르 웃었다. 춤출 때 빼고는 늘 조용한 민하까지 소리 내어 웃는다. 수빈이는 아예 바닥에 주저앉는다.

"갑자기 이런 개그를 친다고?"

어느 포인트가 아이들을 웃겼는지 모르겠다. 하지만 진짜 농담이었던 것처럼 구는 게 자연스러운 것 같아 나도 섞여 웃었다. 곧 윤서가 손뼉을 두 번 짝, 짝, 쳐서 주위를 환기하고는 다시 음악을 켰다.

"강윤슬이 긴장될 정도면 우리는 기절할지도 몰라. 그러니까 다들 몸 잘 풀고 시작하자!"

맞다. 윤슬이는 이런 일에 긴장할 애가 아니다. 오히려 신나서 무대에서 날아다닐 애지. 그런 점은 나를 안 닮아 다행이다.

흩어져 있던 친구들이 대열을 이루고 본격적으로 댄스 스타트. 이 두근거림, 숨 가쁨, 흥분. 긴장이 아니라 설렘이라고 생각하니 움츠려 있던 마음이 열리며 몸도 가벼워진다. 그리고 자꾸 웃음이 난다. 내가 언제 또 이런 데 와. 언제 또 윤슬이 친구들이랑 어울려. 언제 또 커버댄스를 춰.

아이들과 함께 춤을 추니 메모의 문구들을 되새기지 않고도 몸이 움직였다. 윤슬이의 몸이 춤을 기억하고 있는 듯했다. 두 팔 앞으로 뻗어 손을 모았다가, 두 손 가슴, 다시 머리 위로 쭉, 목 뒤로 오른쪽, 왼쪽⋯⋯. 이 빠른 동작들을 척척 해치우는 나 스스로가 신기해 감탄이 나왔다.

윤슬이의 오랜 연습과 나의 밤샘 벼락치기 덕분에 동작은 크게 틀리지 않았다. 내 자리를 찾는다든지 대형을 이루는 것은 완전히 허둥지둥했지만. 계속계속 이름이 불리고 혼자 다른 방향으로 움직여 붙들려 왔는데 그조차 즐겁다.

"윤슬이 또 어디 가?"

"잡아, 잡아! 아니, 묶자!"

"수빈이랑 윤슬이랑 묶어 놔!"

자꾸만 끌려오는 나도, 끌고 오는 수빈이도, 보고 있는 다른 친구들도 배가 아프도록 웃었다. 이게 뭐라고 웃음이 안 멈추는지 모르겠다.

나는 작은 실수에도 크게 의미를 부여하고 곱씹고 자책하던 사람이다. 그런데 몸이 마음에 영향을 주는 건지, 어쩐 건지 실수를 하고도 이상할 정도로 아무렇지 않았다. 되레 나는 윤슬이도 아닌데, 딱 하루 연습했는데, 이 정도면 훌륭하다는 생각이 든다. 그러자 점점 실수가 줄고 자신감이 생겼다. 흥이 넘쳐 제자리를 벗어난 내게 윤서가 소리쳤다.

"강윤슬 애드립 그만! 오버하지 마. 캄 다운. 캄 다운."

끝내 캄 다운이 되지 않은 채로 연습실 대여 시간이 끝났다. 집으로 돌아오는 버스에서도, 아파트 단지 보행로에서도, 엘리베이터에서도 노래를 흥얼거렸다. 이런 설렘이 얼마 만인지 모르겠다.

11
딸, 강윤슬, 1993

1학년 전체 수업이 올 스톱됐다. 세상에 비밀은 없고, 친구들은 소화기 가루 뒤에 숨지 못했다. 나를 포함해 벽보를 찢은 친구들, 구경하던 아이들, 현장에 있던 선생님들, 우리 담임 쌤, 교무주임 선생님까지 교무실에 불려 갔다. 솔직히, 이렇게 큰일이 될 줄 몰랐다. 이번에는 반성문으로 끝나지 않을 것 같다. 설마 학교 잘리는 거 아니겠지. 엄마한테 그런 얘기는 들은 적 없으니까.

교감 쌤이 대체 어떻게 된 일이냐고 다그쳐 물었다. 선생님 같기도 형사 같기도 한 교감 쌤 앞에 있으니 내가 학생 같기도 범죄자 같기도 했다. 아무도 대답하지 않았다. 학생들이야 잘못이 있으니 그렇다 쳐도 쌤들까지 말을 안 할 줄은 몰랐다. 눈이 마주칠까 고개를 푹 숙인 모습이 우리랑 똑같았다.

옆눈으로 진희를 보니 손을 바들바들 떨고 있다. 발단부터 전개, 결말까지 상황을 모두 설명할 수 있는 사람은 아무래도 나

하나뿐인 것 같다. 최초의 목격자이자 최후의 당사자. 결국 내가 오른손을 들었다.

"제가 그랬습니다."

교감 쌤이 물었다.

"네가 벽보를 찢었다는 거야?"

"어, 그러니까, 소화기도 뿌리고 그랬습니다."

"벽보 찢고 소화기 뿌리고 그랬다는 거야?"

"뭐, 거의, 그렇습니다."

그때 지수가 손을 들며 말했다.

"제가 물 뿌렸거든요."

그러자 진희가 끼어들었다.

"제가 시작했어요. 젖은 벽보 뜯어낸 것도 저고요."

교감 쌤이 우리를 차례차례 짚어 가며 확인했다.

"그러니까 네가 찢기 시작하니까, 네가 물을 뿌리고, 네가 소화기를 뿌렸다?"

이렇게 축약하고 보니 별일도 아니네. 약간 웃기고, 조금 어처구니없는 쇼츠 영상 같다. 스크롤 한 번이면 지나가 버리는. 교감 쌤이 이번에는 다른 친구들에게 물었다.

"그럼 니들은 뭐야?"

"구경했어요."

"이 녀석들이! 뭐 좋은 일이라고 구경을 해? 구경한 놈들도 똑같이 혼나야 돼. 일단 오늘은 정신없으니까 그만 올라가. 운 좋은 줄 알아."

쭈뼛쭈뼛 눈치를 보던 친구들이 한 명씩 자리에서 일어났다. 호다닥 재빠르게 교무실을 빠져나가는 친구도 있고, 와중에 꾸벅 공손하게 인사를 하고 떠나는 친구도 있었다. 선진이만 꼼짝 않고 앉아 있다.

"안 가?"

내가 조용히 물었더니 선진이가 고개를 절레절레 저었다. 무슨 뜻이지? 교감 쌤도 의아한지 선진이에게 물었다.

"너는 뭐야?"

"저도 같이 했어요."

애가 왜 이러는 거야.

"너는 우리 말렸잖아."

선진이는 내 말에 대꾸도 않고 교감 쌤을 향해 말했다.

"아니요. 저도 같이 했어요. 그런 식으로 전교생 등수를 공개 게시하는 건, 너무, 야만적이에요!"

헉. 미쳤어, 홍선진. 수학 쌤이 헛스윙을 하던 순간처럼 주위가 얼어붙었다. 너무 조용해서 내 심장이 방망이질하는 소리와 진희가 침을 꼴깍 삼키는 소리와 교감 쌤이 거칠게 심호흡하는 소리까지 선명하게 들렸다. 이제껏 한마디도 안 하던 교무주임이 벌게진 얼굴로 선진이에게 물었다.

"야, 이 새끼야. 그러게 공부를 잘했어 봐, 벽보 붙은 게 자랑스럽지. 너 몇 등이야?"

"6등이요. 전교 6등."

교무주임은 당황했는지 잠시 눈만 끔뻑끔뻑하다가 버럭 화를 냈다.

"근데 뭐가 불만이야?"

푸흡. 나는 너무 허탈해 웃음이 터져 버렸다. 학교의 방침에, 교사의 권위에 이렇게 거칠게 반항하는 학생에게 기껏 하는 질문이, 너 몇 등이야, 라니. 성적 게시에 반대하는 학생은 당연히 공부를 못할 거라고 생각하나 보다.

"웃어? 지금 웃음이 나와? 이 새끼가!"

이번에는 화살이 나에게 날아왔다. 흥분한 교무주임이 명백한 의도를 가지고 팔을 번쩍 들어 올렸다. 교감 쌤은 화들짝 그 팔을 붙잡으며 다른 쌤들을 향해 물었다.

"맞습니까? 얘들이 벽보에 물 뿌리고, 찢고, 소화기 뿌리고 그런 거?"

다들 난처한 얼굴만 하고 있다. 결국 소화기 가루를 뒤집어쓴 수학 쌤이 대답했다.

"어수선해서 잘 못 봤습니다. 근데 일부러 찢었다기보다는 몰려들었다가 찢어진 거 같기도 하고요. 막 보지 말라고 손으로 가리고 있더라고요. 그러다 찢어진 거 아닌가…….."

"그럼 소화기는 왜 뿌렸답니까?"

"그것도 자기 등수 못 보게 하려고 뿌리지 않았을까요? 응? 안 그러니?"

수학 쌤이 동의를 구하는 눈으로 나를 돌아봤다. 기분이 이상했다. 학생들의 성적을 공개 게시한 학교가 원망스러운데, 그 '학교'의 실체를 모르겠다. 누가 결정했지? 누가 커다란 종이에 매직으로 또박또박 적었지? 누가 벽에 붙였지? 누구를 원망해야 하지? 수학 쌤은 또 왜 저러는 거야? 신나게 학생들을 팰 때는 언제고, 이제 와서 거짓말까지 해 가며 왜 우리 편을 들지?

그리고 담임 쌤이 엄마 모시고 오란다. 아, 망했다.

이모가 안방 문이 닫힌 것을 확인한 후 눈치를 보며 물었다.

"너라며?"

"응?"

"오늘 1학년 소화기 사건."

소문 한번 빠르네.

"엄마 모시고 오래."

이모는 엄지로 관자놀이를 꾹꾹 누르며 괴로워했다. 어떡해, 어떡하지, 중얼거리며 나보다 더 불안해했다. 저렇게까지 안절부절못할 일인가.

"괜찮아. 할머니 별로 안 무서워."

"네 할머니가 무서운 사람이 아니라니 정말 다행이다. 그치만 우리 엄마는 되게 되게 무서운 사람이야. 그리고 네가 학교에 모시고 갈 사람은 미래의 네 할머니가 아니라 지금의 우리 엄마고."

"할머니도 막 때려?"

"이번 일을 계기로 매를 드시게 될 것 같다."

"농담하지 말고."

"농담 아니야. 난 엄마 무서워. 뭐랄까. 엄마는 되게 냉정한 데가 있거든."

엄마의 엄마는 내 할머니랑 좀 다르긴 하다. 할머니는 나한테 늘 다정하고 따뜻하고 너그러웠는데.

"얘기하러 같이 가. 옆에서 나 좀 도와줘."

"미쳤어? 싫어. 괜히 나까지 혼나."

이모의 두 손을 잡으며 부탁했지만 이모는 완강했다.

"덜 혼나는 법 알려 줄게. 말대꾸하지 마. 그것만 안 해도 혼나는 시간 절반은 줄일 수 있을 거야."

"나도 눈치가 있지, 이 상황에서 내가 말대꾸를 하겠어?"

"너는 말대꾸라고 생각 안 했는데 말대꾸가 돼 버릴 수 있어. 엄마한테는 말대꾸의 범위가 너무 광활하거든. 잘못했어요, 안 그럴게요, 라고 답할 수 있는 질문이 아니면 대답하지 마. 물어보는 거 아니고 혼내는 거니까. 그냥 고개 숙이고 있다가 한 번씩 잘못했습니다, 빌면 돼."

어렵네. 열네 살 평생 잘못했어요, 라며 빌어 본 적은 없다. 적어도 내 기억에는. 악의를 가지고 상대방을 해친 것도 아닌데 납작 엎드려 빌고 싶지는 않았다. 그건 너무 비굴하게 느껴진다. 그동안 나는 상황을 잘 설명하고 내가 실수하거나 오해한 부분에 대해 솔직하게 털어놓고 사과했었다. 그러면 대부분은 잘 마무리됐었다.

어쩔 수 없지. 흡흡, 후후, 흡흡, 후후…… 엄마가 가르쳐 주었던 심호흡 방법. 최대한 마음을 가라앉히고 안방 문을 열었다. 순간 코끝에 닿는 상큼하고 달콤한 향기. 흡흡. 긴장했던 마음이 휘리릭 날아가 버렸다.

할머니는 바닥에 비닐을 깔고 귤을 썰고 있었다. 스테인리스 볼에 껍질째 얇게 썰어 놓은 귤이 절반쯤 들어 있고, 맞은편의 커다란 바구니에는 오래되었는지 거뭇거뭇 얼룩이 생기고 울퉁불퉁한 귤이 역시 절반쯤 담겨 있다.

"귤칩 만들어요?"

"유자잖아."

"유자요? 유자차에 들어 있는 그 유자? 우와, 유자랑 귤이랑 똑같이 생겼구나."

"매년 유자차 만드는 거 봐 놓고 새삼."

"아, 작년에 그 유자차. 그거지. 맞아."

아무 소리나 둘러대며 얼버무리는데 할머니가 나를 힐끔 보고는 다시 칼질에 열중했다. 이제껏 얇게 썰린 유자 조각만 봤지 동그란 유자 열매를 본 것은 처음이다. 유자는 늙은, 혹은 바랜 귤같이 생겼구나. 유자차를 마실 때마다 엄마는 건더기까지 다 먹으라고 했다. 얇은 유자 껍질을 티스푼으로 건져 올리며 매끈하고 갸름한 레몬 모양을 상상했었다. 맛은 어떨까. 설탕에 절여진 맛 말고 원래 유자의 맛.

"먹어 봐도 돼?"

내가 묻자 할머니는 방금 썬 유자 한 조각을 손으로 집어 내 입에 넣어 주었다.

웨에에에엑. 알맹이는 눈이 떠지지 않을 만큼 시고 껍질은 삼킬 수 없을 정도로 썼다. 사레까지 들려 켁켁 기침이 나왔다. 할머니가 나를 보더니 윗니를 다 드러내고 활짝 웃었다. 할머니 얼굴 말랑말랑해 보여. 눈동자도 새까맣고. 1993년의 할머니랑 2023년의 엄마랑 엄청 닮았구나. 이렇게 젊은 할머니라니, 신기했다. 하지만 젊은 할머니는 참 안 웃는다. 1993년에 와서 할머니가 웃는 모습을 처음 본 것 같다.

"이러니까 좀 애 같네."

"엥? 나는 원래 앤데? 이러니까 애 같다니 그게 무슨 소리야?"

할머니는 칼질을 멈추고 나를 빤히 쳐다봤다.

"이런 거. 꼬박꼬박 높임말 쓰다가 갑자기 이렇게 엉뚱하게 구는 거. 사고 치고 어리광부리고 그러는 거. 그렇게 허술한 구석이 있어야 애 같고 귀엽지."

아, 맞다. 엄마는 할머니한테 높임말 쓰는데. 그리고 엄마는 어렸을 때도 허술하지 않았구나. 하지만 이런 제가 더 귀여우시다면 오늘 진짜 애 같은 모습을 보여 드리죠. 사실은 제가 제대로 사고를 쳤답니다.

"드릴 말씀이 있어요."

할머니는 미소 가득한 얼굴로 무슨 일이냐고 물었다. 그러나 내가 오늘 있었던 일을 말하는 동안 얼굴이 점점 굳어 갔다.

"……그래서 내일 학교에 오셔야 할 것 같아요."

용건까지 무사히 전달하고 보니 할머니의 얼굴이 구겨질 대로 구겨져 있었다. 칼을 든 손을 부들부들 떨어서 제법 공포 분위기까지 났다. 할머니는 더 이상 내가 애 같지도, 귀엽지도 않겠지.

"왜 그랬어?"

이모의 조언이 떠올랐다. 대답하지 말랬다. 그냥 고개 숙이고 있다가 한 번씩 잘못했습니다, 하면 된다고. 하지만 벌써 답답해. 말 안 하면 밤에 못 잘 것 같아.

"애들이 너무 힘들어했어요. 다들 상처받았어요. 그래서 그 벽보를 없애 버리고 싶었어요."

"지금 네가 잘했다는 거야?"

왜 그랬냐고 물어서 이유를 말했는데 잘했냬니. 이게 무슨 흐름이죠.

"왜 그랬냐고 물어보셔서 대답한 건데요."

"나도 다시 물었잖아. 그래서 지금 네가 잘했다는 거냐고."

와, 할머니랑 엄마랑 화법이 똑같네.

"어쩔 수 없었어요. 아무도 우리들 마음은 생각해 주지 않고, 얘기도 들어 주지 않고, 솔직히 누구한테 말해야 하는지도 모르겠고요. 그러니까 잘한 건 아니지만 다른 방법이 없었다, 뭐, 그런 뜻입니다."

"지금 나하고 말장난하니?"

"아닌데요."

진짜 아닌데. 그래서 재빠르게 덧붙였다.

"학교 오시게 만들어서 죄송해요. 그렇지만 제가 그렇게 잘못했는지는 모르겠어요. 동의 없이 학생 성적 공개한 학교가 먼저 잘못한 거 아니에요? 그런다고 공부하는 거 아니라고요. 그냥 다 때려치우고 싶어진다고요."

할머니는 그제야 들고 있던 칼을 내려놓고, 도마 옆에 놓인 행주로 손을 닦은 후 자세를 고쳐 앉았다.

"너, 수일이 맞아?"

헉. 나도 모르게 시선을 피하며 웅얼웅얼 대답했다.

"그럼 내가 수일이지 누구겠어요."

"집을 나가질 않나, 학교에서 사고를 치질 않나, 그래 놓고 따박따박 말대꾸나 하고. 너 내 딸 맞니?"

그동안 주의하느라 할머니랑 몇 마디 하지도 않았는데 눈치채신 건가.

엄마도 그랬다. 최대한 티 내지 않으려 해도 기분이 안 좋은지, 어디가 아픈지, 친구와 싸웠는지, 엄마를 속이거나 잘못한 일이 있는지 다 알았다. 내가 목소리 톤이 높아서, 고개를 45도로 기울이고 있어서, 젓가락을 X자로 꼬아 쥐어서, 스토리에 거울 셀카를 올려서 알아챘다는데, 너무 엉뚱한 소리지만 사실 대부분 맞았다. 엄마들은 정말 대단하다. 그냥 할머니한테 솔직하게 다 말할까.

그때 할머니가 내 손을 당겨 잡으며 소곤소곤 물었다.

"수일아, 너 무슨 일 있어?"

할머니의 손은 축축하고 차가운데, 표정과 목소리가 너무 따뜻했다. 내가 아는 바로 그 할머니다. 맛있는 것만 골라 먹어도, 집 안을 어지럽혀도, 드러누워 휴대폰만 보고 있어도 괜찮다, 괜찮다는 할머니. 아직도 나를 아가, 라고 부르는 할머니. 재워 달라고 하면 배를 문지르며 자장자장 노래를 불러 주는 할머니. 할머니, 나야! 할머니가 제일 이뻐하는 손녀, 윤슬이라고!

목이 메어 말이 나오지 않았다. 내가 대답을 못 하자 할머니가 다시 물었다.

"도시락 때문에 아직도 마음 상해 있는 거야?"

아, 또, 또! 또 그놈의 도시락. 아니라니까요. 요즘 할머니가 신경을 많이 쓰는지 나는 매일 맛있는 도시락을 먹는 중이다. 소시지볶음, 달걀말이, 불고기 같은 반찬들. 마음 상할 이유가 없다. 나는 김치로 꽉 채운 도시락을 먹던 최수일이 아니다.

그런데 마음이 아팠다. 너무너무 속상했다.

"언니한테만 맛있는 도시락 주고, 문제집도 언니만 사 주고…….

왜? 왜 나는 안 이뻐해요?"

갑자기 생각지도 않았던 말들이 내 입에서 튀어나왔다. 나 강윤슬 아니고 진짜 최수일인가.

"그런 생각을 하고 있었어? 아닌데. 정말 아닌데."

할머니는 여전히 따뜻한 눈빛을 하고 내 머리칼을 쓰다듬듯

넘겨 주었다. 할머니 손에 밴 유자의 상큼한 냄새가 코끝을 스쳤다. 할머니는 열린 문틈으로 우리 방 쪽을 살피더니 더욱 소곤소곤, 거의 속삭이듯 말했다.

"수영이 태어났을 때는 엄마도 아빠 공장일 같이 할 때라 백일 만에 외가에 맡겼거든. 그렇게 수영이를 주말에만 본 지 2년 만에 네가 태어났는데, 수영이 데려오자니 애 둘을 키울 자신이 없는 거야. 둘째 조금만 더 키워 놓고, 조금만 더 키워 놓고 하다가 너 돌 지나고서야 수영이를 데려왔지. 둘이 잘 놀았어. 병치레 없이 잘 컸고. 근데 나는 계속 미안하더라고. 수영이 아기 때 못 해 준 거 늦게라도 다 해 줘야지, 생각한 게 또 우리 수일이를 서운하게 했네."

그랬구나. 처음 듣는 이야기였다. 엄마가 한 번도 말한 적 없었던 것을 보면 엄마도 몰랐던 것 같다. 이 이야기를 내가 아니라 엄마가 들었어야 하는데. 엄마가 직접 물어봤어야 하는데. 엄마는 엄마에게 사랑받지 못했다고 평생 오해하며, 외로워하며, 서운해하며 엄마가 되었구나. 엄마도, 엄마의 엄마도 안타까웠다.

혹시 모르니 지금 이 이야기를 나중에 꼭 다시 한번 해 달라고, 사랑하는 마음을 말로 직접 표현해 달라고 말하려는데 할아버지가 퇴근해 들어오셨다. 진지하게 마주 앉은 모녀가 의아한지 할아버지는 나와 할머니를 번갈아 보면서 무슨 일이 있느냐고 물었다.

"어, 수일이가 유자차 담그는 거 도와준다고. 거의 다 했어. 너는 가서 공부해."

할머니가 서둘러 대답하고는 나를 향해 눈을 깜빡깜빡 코를 찡긋찡긋했다. 내가 멍하니 할머니를 쳐다보고 있었더니 할머니가 또박또박 다시 말했다.

"이제 가 봐. 얼른."

할아버지한테는 말하지 말라는 뜻인가 보다. 할아버지께 꾸벅 인사를 하고 서둘러 방을 나왔다. 문 너머에서 할아버지와 할머니의 목소리가 들렸다. 일찍 왔네? 밥 먹자. 도시락은? 설거지통에. 서로 용건만 얘기하신다.

지난 며칠 동안 할아버지와도 몇 마디 나눠 보지 못했다. 내가 일어나기 전에 출근하셨다가 늦은 밤에야 퇴근하시니까. 다녀오셨어요? 그래. 대화는 늘 이 두 마디에서 끝났다. 일요일에는 엄청 거대한 꽃무늬가 있는 이불을 덮고 종일 주무셨고. 나는 할아버지의 꽃무늬 이불에 끼어 누워 이모가 켜 놓은 TV도 흘끔흘끔 보고 간식도 먹었다. 그러다가 좀 으슬으슬하길래 혼잣말로 으, 춥다! 했는데, 할아버지가 잠결에 추워? 되묻더니 이불을 내 목까지 당겨 덮어 주고는 곧바로 코를 골았다. 나중에 물었더니 전혀 기억을 못 하셨다.

엄마도 그랬다. 자면서도 내 말에는 자꾸 대답했었다. 엄마도 할아버지의 잠버릇을 알고 있을까? 나중에 엄마한테 물어봐야겠다.

이제 벽보는 없다. 접착제와 소화기의 흔적만 계단과 벽, 복도에 얼룩덜룩하게 남았다. 빈 벽을 올려다보고 있는데 진희가 대뜸 미안해, 했다.

"뭐가 미안해?"

"나 때문에 다들 처벌받게 생겼잖아."

"그게 왜 너 때문이야."

선진이도 상관없다며 진희에게 물었다.

"너는 괜찮아? 많이 안 혼났어?"

진희가 씁쓸한 듯, 어이없는 듯 피식 웃으며 대답했다.

"어제 우리 언니 아빠한테 맞았어."

"뭐? 맞아? 왜?"

"아빠가 열받아서 옆에 있던 효자손을 휘둘렀는데 언니가 영화처럼 몸을 날려서 나 대신 맞았어."

웃을 일이 아닌데 웃음이 나와 버렸다.

"언니는 괜찮고?"

"팔에 이따만 하게 멍들었어. 아빠랑 엄마가 되게 놀랐고, 나도 놀랐고, 언니는 엉엉 울고. 그래서 나는 생각보다 많이 혼나지 않았어.”

“다행이네.”

“그리고 언니가 쪼오끔 좋아졌어.”

그래. 자매는 좋은 거라니까. 나는 진희가, 엄마가, 이모가 부러웠다. 그래도 괜찮다. 나에게는 수영 이모가 있으니까. 그리고 엄마도, 할머니도, 또 수빈이와 지민이, 윤서가 있다. 민하도. 민하는 축제 준비를 하며 가까워졌다. 쉬는 시간에도 자리에 앉아 공부만 하던 민하가 복도에서 연습하는 우리에게 먼저 다가왔다. 뉴진스는 다섯 명 아니냐며, 자기도 춤 좋아한다고.

그리고 상담 왔던 할머니가 뭐라셨는지 담임 쌤이 점심시간에 나를 따로 불러 물었다. 요즘 공부는 할 만하냐. 학교생활은 어떠냐. 친구들과는 잘 지내냐. 가족들과는 어떠냐. 집에서 힘든 점은 없냐. 짧게 답했다. 네. 좋아요. 좋아요. 좋아요. 네.

쌤이 조심스럽게 다시 물었다.

“지난 주말에 입원했었지? 몸은 좀 어때?”

“좋아요.”

“그때, 금요일 저녁에, 선생님이 너 찾으러 학교를 몇 바퀴 돌았는지 알아?”

그랬구나.

“엄청 놀랐지. 지수도 아니고 수일이가 가출했다는 연락을 받게 될 줄은 몰랐거든."

"죄송합니다."

내가 할 수 있는 말은 그것뿐이었다. 아, 엄마 대신 손바닥도 맞고 사과도 하네.

"너를 위해 모른 척해 주는 게 좋을 거라고 생각했어. 그런데 네가 소화기 가루를 뒤집어쓰고 교무실에 앉아 있는 걸 보니까 선생님이 잘못했구나 싶더라고. 알아주고, 봐 주고, 들어 줬어야 했는데."

이런 얘기를 하시다니 좋은 선생님 같다. 선진이도 우리 담임 쌤 정도면 좋은 선생님이라고 그랬다. 그런데 정말 그런가. 몽둥이를 들고 다니지 않지만 주먹에 시속 100킬로로 머리를 박으라고 하는 선생님. 가출했다 돌아왔을 때 아무런 추궁도 않지만, 사고 치고 교무실에 불려 가 있을 때 변호도 해 주지 않는 선생님. 이곳의 어른들은 이상하다. 츤데레 같기도 하고, 무관심해 놓고 뒤늦게 변명하는 것 같기도 하고. 진짜 속마음을 모르겠다. 할머니도, 수학 쌤도, 담임 쌤도 그렇다.

"힘들거나 고민되는 일 있으면 선생님한테 얘기해. 내가 해결해 준다고 장담은 못 하지만 털어놓는 것만으로도 도움이 될걸?"

정말 말해도 되나요? 감당할 자신이 있으신가요? 저는 할 말은 하는 사람이거든요.

"성적 벽보 너무 싫어요. 애들 상처만 받지 공부 더 열심히 해야겠다고 생각하지도 않는다고요. 시험 점수 가지고 때리는 것도 이해할 수 없어요. 아니, 때리는 것 자체가 말도 안 돼요. 선생님 시속 100킬로, 200킬로, 하시는 것도 싫어요. 그것도 폭력이에요."

쌤 말대로 털어놓으니 후련해졌다. 진짜 도움이 되었다고, 고맙다고 말하려는데 쌤의 얼굴이 하얗게 질려 있었다. 너무 솔직했나. 엄마 이름과 엄마 얼굴로 계속 사고를 치고 있네.

별관 입구에서 수영 이모를 만났다. 목요일은 1학년과 3학년 끝나는 시간이 같다. 꼬여 버린 엄마와 내 인생을 바로잡는 일이 급했기에, 이모와 나는 엄마의 지난 금요일 추정 동선을 밟아 보기로 했다.

"수일이랑은 한 번도 같이 집에 간 적 없는데."

이모는 동생과 나란히 걷는 일이 어색한지 어깨를 으쓱했다.

"5학년 때부터. 그전에는 수일이 데리고 집에 가고 그랬지."

"5학년 때부터는 왜 안 했는데?"

"귀찮아서. 동생 데리고 다니는 거 창피하기도 하고."

"우리 엄마가 창피했어?"

"아니. 동생을 돌본다는 사실 자체가 창피하고 짜증 나고 부담스럽고 그랬어."

"케이 장녀의 고충이구나."

"케이 장녀?"

"코리안 장녀. 그런 게 있어. 요즘은 앞에 케이 붙이는 게 유행이거든. 케이 팝, 케이 드라마, 케이 푸드, 케이 뷰티, 이런 식으로. 한국식이다, 한국스럽다, 그런 뜻?"

이모는 한국식 장녀, 라고 중얼거리며 쓸쓸하게 웃었다. 어제 할머니의 말이 생각났다. 어릴 적 기억이 이모에게도 있을까. 갑자기 생긴 동생은 어땠을까. 할머니가 그 시절을 미안해한다는 건 알고 있을까. 오지랖이 발동해 이모에게 슬쩍 얘기를 꺼내 보았다.

"이모 어렸을 때 외갓집에서 자랐다며?"

"응. 기억은 잘 안 나. 근데 텃밭에 물 주겠다고 물뿌리개 들고 까불다가 할머니, 그러니까 너한테는 증조할머니한테 확 엎었던 장면 하나는 선명해. 어차피 젖었으니까 그냥 놀자면서 서로 물 뿌리고 둘이 한참 물장난했었어. 되게 재밌었는데."

기억을 떠올리며 이모는 미소를 지었다. 어쩌면 이모에게는 그다지 서글픈 시절이 아니었을지 모른다. 이모는 아무렇지 않은데 괜히 할머니 혼자 마음에 담아 두고 있는지도.

"근데 할머니는 미안했나 봐. 그때 못 해 준 거 늦게라도 다 해 주고 싶다고 그러더라고."

"엄마가? 언제?"

"어제 나 사고 친 거 얘기하러 갔을 때. 그러니까 이모 괜찮다고, 기억도 잘 안 난다고 할머니한테 한번 말해 주는 거 어때? 그럼 할머니 마음이 좀 편해지실 것 같은데."

이모는 잠깐의 망설임도 없이 대답했다.

"됐어."

응? 안 한다고? 왜?

"내가 기억 못 한다는 거 엄마도 알고 있을걸? 내 기억이나 감정이랑은 상관없어. 엄마 마음의 문제인 거지. 엄마가 알아서 할 일이야."

이모의 말을 들으니 또 그 말이 맞는 것 같다. 지금 내 눈앞의 이모는 내가 아는 어른 수영 이모가 아니라 나보다 겨우 두 살 많은 중학생 최수영이다. 그런데 왜 이렇게 어른 같지. 나는 든든한 이모가 나를 도와주는 게 고마워서 와락 팔짱을 꼈다. 그러자 이모가 흠칫 팔을 뺐다. 뭐야, 이렇게 질색할 일인가. 삐죽, 서운한 티를 냈더니 이모가 웅얼웅얼 변명했다.

"수일이랑 한 번도 팔짱을 껴 본 적이 없어서."

"우리는 팔짱 잘 끼는데. 이모 팔짱 끼는 거 좋아해. 우리 엄마도, 할머니도. 엄마랑 할머니랑 다닐 때도 팔짱 한번 껴 봐. 다들 좋아할걸?"

이모는 이번에도 질색했다.

"그건 정말 됐다. 수일이도 엄마도 팔짱을 좋아하는 게 아니라 너를 좋아하는 거겠지. 넌 대체 어떤 애야? 진짜 궁금하다."

나는 다시 이모의 팔짱을 끼며 대답했다.

"팔짱 끼는 거 좋아하는 애!"

엄마가 좋아한다는 본관 뒤편 분수대에 먼저 들렀다. 본관 건물 그늘이 길었다. 확실히 운동장 방향보다 더 춥고 더 어둡다. 지름이 2미터나 될까 싶은 작은 분수대는 겨울이라 분수가 가동되지 않았다. 물은 한 방울도 고여 있지 않았고. 분수대 가운데에는 동상이 설치되어 있는데, 단발머리 여자아이 둘이 커다란 책 한 권을 무릎에 올려놓고 함께 보는 자세였다.

분수대 앞 벤치에 이모와 나란히 앉았다. 금세 엉덩이가 시렸다.

"여름에는 시원해서 애들 많은데 겨울에는 춥고 으스스해서 아무도 안 와. 근데 수일이는 겨울 되면서 더 자주 온대."

"왜?"

"사람 없는 게 좋대. 수업 끝나면 여기 앉아서 쉬다가 오고 그런대."

"하여튼 엄마는 겁도 없어. 내가 혼자 자는 거 무섭다고, 귀신 나올 것 같다고 했더니 세상에 귀신은 없대. 뭐가 무섭다는 건지 아예 이해를 못 하더라고."

사실 이 분수대 동상에는 괴담이 하나 있단다. 소녀들이 펼쳐진 페이지를 다 읽으면 사람들 눈을 피해 책장을 넘기는데, 그 순간을 목격한 사람도 동상이 된다는 괴담. 처음 동상을 세울 때만 해도 책 읽는 소녀는 한 명뿐이었다. 어느 날, 어떤 학생이 동상이 움직이는 것을 보고 말았고 이후로 동상은 두 명이 됐다는 것이다.

"뭐야! 너무 무섭잖아!"

내가 소리를 꽥 지르며 도망가자 이모도 비명을 지르며 나를 따라 뛰었다. 운동장에 도착하고 나서야 우리는 멈춰 서서 숨을 골랐다. 이번에는 웃음이 터졌다. 마주 보고 한참을 웃는데 문득 무서운 생각이 들었다.

"혹시 우리 엄마가 저 동상이 된 거 아닐까?"

이모의 얼굴에서도 웃음기가 싹 가셨다. 그러고는 더듬더듬 대답했다.

"아니야. 최수일은 여기 있잖아. 여기, 겉모습은, 그대로 있잖아. 그리고 저 동상은 나 입학할 때부터 두 명이었어."

"근데 나는 최수일이 아니야. 진짜 최수일은 사라졌어."

"야아! 무섭게 왜 그래! 그런 말 하지 마!"

"이모, 우리 다시 가서 동상 얼굴 한 번만 보고 올까?"

"얼굴은 왜?"

"그냥. 동상 얼굴이랑 엄마 얼굴이랑 다르다는 걸 확인하고 싶어."

한참을 고민하던 이모는 눈썹에 힘을 잔뜩 주고는 가 보자, 했다. 그리고 내 팔짱을 꼈다. 우리는 떨리는 마음으로 소녀상 앞으로 갔다.

아무래도 동상은 이목구비가 불분명하게 마련이지만 그걸 감안하고 보더라도 엄마랑은 달랐다. 동상의 얼굴은 볼이 포동포동하고 눈이 땡그랗고 콧방울이 작아서 자세히 보니 굉장히 비현실적이었다. 그림책의 삽화 같달까. 이모는 나와 동상을 오른쪽에서 보고, 왼쪽에서 보고, 나란히 세워 놓고 보더니 확신했다.

"전혀 달라."

그제야 마음이 완전히 놓이며 긴장이 풀렸다. 이모도 한숨을 길게 내쉬었다. 우리는 팔짱을 낀 채로 다시 운동장을 가로질러 걸었다. 내가 매달리듯 이모의 팔을 두 손으로 꽉 붙잡았는데도 이모는 팔을 빼지 않았다.

다음은 정류장 앞 떡볶이 집. 엄마가 일주일에 세 번은 사 먹는 곳이란다. 벽에는 검정과 빨강, 파랑으로 숫자를 크게 쓴 농협 달력과 메뉴마다 글씨체가 제각각인 메뉴판이 붙어 있고, 등받이 없는 동그란 의자들은 엉덩이 부분이 다 해졌다. 레트로 감성 식당에서 봤던 소품들이다. 와, 예전에는 진짜 이랬구나.

이모는 코트 주머니에서 천 원짜리 한 장을 꺼내 떡볶이 판 옆의 돈 통에 넣으며 천 원어치요, 했다.

곧 사장님이 위생비닐을 씌운 초록색 접시를 들고 왔다. 단돈 천 원인데 생각보다 양이 많았다. 떡이 열 개도 훨씬 넘고 어묵도 여러 개 보였다. 이모가 이쑤시개로 떡을 하나 찍으며 사장님께 물었다.

"할머니, 얘 기억나세요?"

"알지, 그럼. 우리 집 단골. 떡볶이보다 물을 더 많이 먹고 가는 손님. 오뎅 좋아해서 내가 오늘도 오뎅 많이 담아 줬잖아."

나는 얼른 떡볶이 하나를 입에 넣었다. 오, 맛있어! 떡은 말캉하고 국물은 적당히 끈적했다. 내가 떡볶이에 정신이 팔린 동안, 이모가 다시 물었다.

"지난주 금요일에 얘 여기 왔었어요?"

"그건 이 애기가 알겠지."

"얘가 헷갈린다고 해서요. 저희가 꼭 확인해야 하는 게 있는데, 혹시 기억나세요?"

떡볶이 할머니는 나를 빤히 보며 생각에 잠겼다. 금요일, 금요일, 혼자 중얼중얼하다가, 파 사 온 날! 했다.

"안 왔어. 그날 파가 떨어져서 옆 슈퍼에서 한 단 사 왔거든. 1학년 애기들이 먹고 있어서 손님 오면 잠깐만 기다리라고 그래라, 하고 갔지. 얘랑 같이 오는 친구들이었어. 근데 이 애기는 안 왔어. 말하니까 생각나네."

그러곤 내 머리를 쓰다듬으며 물으셨다.

"왜? 뭐 잃어버렸어?"

"아뇨. 그냥. 별일 아니에요."

"자기 일은 다 별일이지. 다들 별별 일 겪으며 살아. 애기들이라고 다른가."

할머니는 대수롭지 않게 말하고는 다시 떡볶이 판 앞으로 가서 꾸덕해진 양념을 휘휘 저었다. 그러게. 별일이다. 왜 이런 별스러운 일이 나한테 일어났을까.

낙서로 가득한 벽을 올려다봤다. 숱한 이름들, 고백들, 소원들. 그 옆에 나도 한 줄 적었다.

'강윤슬 무사히 집으로 감.'

"수일이가 좋아하거나 자주 왔던 곳은 아닌데, 그날 왜 여기 있었는지 모르겠어."

모래가 깔린 놀이터였다. 이제껏 내가 놀았던 놀이터들은 바닥이 모래가 아닌 고무매트였다. 그리고 지금까지 본 것 중 가장 줄이 긴 그네와 가장 커다란 뺑뺑이, 유치원 앞마당에 놓으면 딱인 앙증맞은 미끄럼틀. 사람은 거의 없었다. 초등학생으로 보이는 아이 둘이 그네 하나를 함께 타고 있었다.

이모를 따라 미끄럼틀로 올라갔다. 슬라이드 위의 공간이 작은 집 모양이라 비밀 아지트에 들어와 있는 기분도 들고 재미있었다.

"원래 엄청 큰 미끄럼틀이 있었거든. 국민학교 땐 나도 학교 끝나면 여기 와서 놀고 그랬어. 탈출도 하고. 탈출 알아? 술래는 눈 감고 잡으러 다니고 나머지는 피해서 미끄럼틀 탈출하는 거."

"지탈?"

"지탈?"

"응. 지옥탈출. 룰이 똑같은데?"

"아, 그걸 지탈이라고 그래? 뭐, 아무튼. 예전 미끄럼틀이 녹슬고 발판에 구멍도 나고 그래서 새로 설치한 거야."

우리는 지난 금요일 밤 엄마가 쓰러져 있던 자리에 앉았다. 창문 너머로 그네가 보였다. 아이들이 얼마나 힘껏 발을 구르는지 그네 줄이 출렁출렁했다. 나는 머리털이 삐죽 솟을 지경이었는데 이모는 전혀 신경 쓰지 않았다.

"수일이는 왜 친구들이랑 떡볶이 안 먹고 그냥 왔을까? 집에

급한 일이 있었던 것도 아닌데."

"돈이 없었나?"

"그랬을지도 모르지. 친구한테 뭐 빌리거나 얻어먹거나 그런 거 잘 못하거든."

"우리 엄마가 좀 꽉 막힌 데가 있지."

"부탁도 못하고. 거절도 못하고. 좋다 싫다 표현을 해야 말이지."

"요샌 안 그래. 부탁은 모르겠지만 명령도 잘하고 거절도 잘해. 좋은 거 싫은 거 완전 칼이야."

"되게 단단하게 컸네. 말랑하던 애가."

단단하다, 는 표현이 귀에 콱 박혔다. 단단하다고 말할 수도 있구나. 나는 엄마가 딱딱하다고 생각해 왔다. 사실 나한테는 말랑할 때가 많지만. 그러니까 엄마는, 음, 겉바속촉이라 치자.

"네가 앉아 있는 그 자리, 그 장난감 시계 밑에 엎드리듯이 누워 있었어. 다리는 뒤로 쭉 뻗고 머리는 그 기둥 쪽으로 있었는데 얼굴을 손등으로 받치고 있었어. 쉬는 시간에 엎드려 자는 것 같이."

나는 이모가 말한 대로 자세를 고쳐 잡았다. 눈을 감았더니 청각이 예민하게 살아났다.

이모가 통통 발장난 치는 소리, 그네 타는 아이들의 까르르 웃음소리, 바람 소리, 마른 잎이 날리는 소리, 겨울 소리, 그리고 마음이 사그라드는 소리. 핫초코 위에 풍성하게 올려져 있던 생크림이 터지고 녹을 때의 사르르 소리 같은 게 마음속에서 들려왔다.

왠지 속이 상했는데 이유를 모르겠다. 그리고 추웠다. 너무너무.

서서히 눈을 뜨는데 눈앞이 온통 까맣다가 가운데부터 시야가 밝아졌다. 이모가 나를 빤히 보고 있었다.

"무서웠어."

"뭐가?"

"너, 아니 수일이 그러고 있던 게 생각나서."

나도 무서웠다. 눈을 감으니 다른 세상에 온 것 같고 감각도 평소와 달랐다. 엄마가 여기서 잠들었고 내가 병실에서 깼다. 그러니까 그 사이, 놀이터와 병원 사이 어디쯤에 답이 있다. 병실에는 이상한 점이 없었으니 어쩌면 여기가 진짜 통로인지도 모르겠다.

"거기 있는 시계, 원래 바늘도 돌아갔어."

이모가 벽면에 장식처럼 붙은 커다란 플라스틱 시계를 가리키며 말했다. 팔을 뻗어 손가락으로 시곗바늘을 밀어 보았다. 꿈쩍도 하지 않는다. 바늘이 무척 빽빽했다. 시계 쪽으로 돌아앉아 손바닥으로 힘껏 밀었지만 역시 소용없었다. 이걸 애들이 어떻게 돌린담.

"처음에는 되게 잘 돌아갔거든. 애들도 많이 가지고 놀았는데 언젠가부터 안 움직이더라고. 지난 금요일에도 이 시간이었는데. 여덟 시 오 분. 꼭 여기만 시간이 멈춘 것 같아."

엄마의 시간도 지금 어딘가에서 멈춰 있을까. 내 시간은 뒤죽박죽인데. 머리도 뒤죽박죽이고……. 내가 먼저 엉덩이를 털고 일어섰다.

"가자."

우리는 이모가 엄마를 찾으러 다녔던 골목들을 돌아다녔다. 돌계단, 흙뿐인 화단, 가로등, 길고양이……. 처음에는 하나하나 눈길을 주고 의미를 부여했는데, 어느 순간 모든 풍경이 평범해졌다. 발바닥도 아프고 가방도 무거웠다. 결국 아무런 실마리도 찾지 못하고, 장난감 시곗바늘 하나 돌리지도 못하고 집으로 돌아왔다.

일주일 유기정학 처분이 내려졌다. 다음 주 월요일부터 토요일까지 6일 동안. 지수와 진희는 나와 똑같이 일주일 유기정학, 그리고 아무것도 하지 않은 선진이만 처벌을 면했다. 무거운 처벌에 억울하기도, 학교 잘리지 않은 게 다행이기도 했다. 게다가 유기정학은 교무실로 등교해서 반성문 쓰고, 청소하고, 운동을 한단다.

선진이가 너무 미안해했고 진희는 너무 많이 걱정했다. 지수는 일주일 화장실 청소 해 봤는데 시간 금방 간다며 이번에도 거들먹거렸다. 나는 괜찮다고, 별일 아니라고 가볍게 넘기고 싶었다. 하지만 같은 고민을 짊어진 우리는 함께 있으면 고통이 더 커지는 것을 느꼈다. 진희는 언니와 같이 집에 가기로 했다며 종례가 끝나자마자 교실을 나가 버렸고, 나는 선진이와 둘이 하교했다. 나도 천천히 걸었는데 선진이는 걸음이 더 느렸다. 내가 괜찮냐고 묻자 선진이가 그제야 속마음을 꺼내 놓았다.

"자꾸만 계단 장면이 떠올라. 너랑 진희, 지수 모습이 보여. 근데 내 모습도 보여. 나도 그 등수 벽보 싫었거든. 그게 떨어져 나가는 게 좋은데, 직접 떼 버릴 용기는 없고, 또 너네가 혼날까 봐 무섭기도 하고, 결국 아무것도 못 하고, 너무 한심해."

"그건 한심한 게 아니라 신중한 거지."

"요즘 네가 나서면 분위기가 달라지는 것 같아. 판이 바뀌어. 벽보는 이틀 만에 떨어진 셈이고, 지난번 수학 시간 일도 그렇고. 난 지수 엄청 맞을 줄 알았는데 그냥 넘어갔잖아."

"그런가?"

"그날도 나 되게 바보 같았지? 고개 푹 숙이고 못 들은 척. 시간을 되돌리고 싶어. 다시 그때로 돌아가서 다른 선택들을 하고 싶어."

"과거로 돌아갈 수는 없지만 미래의 일은 보여. 너는 커서 용감하고 믿음직한 사람이 될 거야. 인기도 많고. 완전 인싸."

"인싸? 그게 뭐야?"

"좋은 거야, 좋은 거. 나중에 알게 될 거야."

선진이는 고개를 갸웃했고, 나는 선진이의 팔짱을 끼며 물었다.

"떡볶이 먹을래?"

"응. 근데 나 돈은 없어."

"나 천 원 있어."

기분이 조금이나마 풀린 우리는 할머니 떡볶이 집을 향해 걸음을 옮겼다. 오늘도 오뎅 가득 천 원어치. 마지막 떡으로 양념을 싹싹 모아 알뜰하게 찍어 먹는 나에게 물 한 컵을 따라다 주며 선진이가 말했다.

"근데 아까 네가 한 말 있잖아. 미래의 나는 용감하고, 믿음직하고, 인기도 많을 거라는 말. 나 그 말 믿고 싶어."

"믿어도 돼. 사실이야."

"위로하려고 괜히 하는 말이 아니라 정말 미래를 알고 하는 말 같아. 이제 시간을 뒤로 돌리는 게 아니라 앞으로 빨리 감고 싶어졌어. 너무 궁금해."

선진이의 얘기를 듣는데 미끄럼틀의 시계가 떠올랐다. 아이들이 수없이 돌리며 놀았을 시곗바늘. 미래로 또 과거로, 천천히 때론 빠르게 오가다 멈춰 버린 시계. 엄마도 그 시곗바늘을 돌려본 적이 있을까. 시간을 뒤로 혹은 앞으로 돌리고 싶을 때가 있지. 그런 마음이 있어. 그런, 마음이, 있다!

"선진아, 미안. 나 먼저 일어날게. 가 볼 데가 있어."

정신없이 버스 정류장으로 뛰었다. 놀이터. 미끄럼틀. 그래, 거기다! 거기밖에 없다!

나는 시계를 돌리고 싶다. 여덟 시 오 분이 아니라 아홉 시, 열 시, 열한 시, 열두 시를 지나 내일로, 모레로, 그다음 날, 또 다음 다음 날, 다음다음다음 날로, 1993년이 아니라 2023년으로, 미래로, 나의 시간으로.

그런 마음이 있지. 선진이에게도, 나에게도, 어쩌면 엄마에게도.

나는 다시 놀이터, 미끄럼틀 위, 장난감 시계 앞에 섰다. 막막하고 외로운 1993년의 중학생 최수일이자 그런 최수일을 조금은 이해하게 된 강윤슬의 마음으로. 눈을 감고 흡흡, 후후, 흡흡, 후후, 호흡을 가다듬은 후에 검지를 분침 왼편에 갖다 대고 오른쪽으로 밀었다.

스르륵. 아주 부드럽게 바늘이 돌아갔다. 오 분에서 십 분을 지나 이십 분, 삼십 분, 그리고 진짜 나사가 풀린 것처럼 팽그르르……

멍하니 시곗바늘을 보고 있으니 현기증이 났다. 바늘이 아니라 나를 둘러싼 세상이 통째로 핑글핑글 돌았다. 다리에 힘이 빠져 주저앉았는데, 어디 부딪히거나 닿는 느낌이 들지 않았다. 물에 빠진 것처럼 둥둥 떠올랐다.

어? 뭐지? 여긴 미끄럼틀인데? 생각하는 순간 몸이 빠르게 소용돌이치며 아래로 아래로 빨려 내려갔다.

12
엄마, 최수일, 2023

관객이 입장하기 시작하자 강당에 열기가 돈다.

아이들은 꽃다발과 플래카드, 피켓을 들고 빈 무대를 향해 환호했다. 휴대폰 화면에 전광판처럼 글자를 띄워 흔들기도 하고, 휴대폰 플래시를 요란하게 깜빡이기도 한다. 우리 반 아이들도 회장의 지휘 아래 나와 수빈이, 윤서, 지민이, 민하의 이름을 차례로 불렀다. 너무 열심이라 혹시 응원상 같은 게 있나 싶어 수빈이에게 물었다.

"촌스럽게 그런 게 어딨어."

"그, 그치?"

응원하는 목소리들이 섞여 하나도 알아들을 수 없는 지경이었지만 다들 아랑곳 않고 소리를 지르고 또 누군가는 노래도 부른다. 선생님들도 지켜보며 웃을 뿐 아이들을 진정시키려 하지 않는다. 우리는 무대에 오를 거라 앞자리에 따로 앉아 있는데도 정신이 없다.

하지만 나쁘지 않다. 나도 모르게 혼잣말이 나왔다.

"재밌게들 산다."

그러자 수빈이가 눈을 가늘게 뜨고 나를 쳐다봤다.

"또 나왔다, 엄마 모드. 요즘 강윤슬 이상해."

엄마 모드도 오늘이 마지막이란다, 수빈아. 서툴고 불안하던 며칠 사이 가장 의지가 되었던 사람이 수빈이다. 착한 아이라는 생각은 드는데 뭔가 못마땅했었다. 순진한 얼굴과 예의 바른 태도로 제 부모님에게는 자꾸만 거짓말을 하는 게 거슬렸다. 윤슬이가 속고 있는 건 아닐까 생각했다. 윤슬이가 너무 좋아하는 게 불안했던 것 같기도 하다. 아, 나 진짜 못났네.

수빈이 부모님은 왜 이런 애를 안 믿어 주고 이것도 저것도 못하게만 하는 거야. 자식이 언제까지고 부모 손바닥 안에 있을 수는 없다. 미더워서가 아니라 어쩔 수 없어서 믿어 주는 거고 다 크지는 않았지만 크고 있으니까 보내 주는 것이다. 나도 이게 잘 안돼서 헤매고 있지만.

치어리딩 동아리 공연으로 축제가 시작됐다. 쟤들이 윤슬이 또래라고? 키도 너무 크고 야구장에서 봤던 프로 치어리더 못지않은 실력이라 진짜 깜짝 놀랐다. 관객석의 호응도 대단해서 누나, 사랑해요! 언니, 결혼해요! 하는 환호가 멈추지 않았다. 연습을 얼마나 했을까. 재밌고 부럽고 이런 무대에 내가 올라가게 되어 윤슬이에게 조금은 미안했지만 윤슬이는 2학년, 3학년 때도 할 수 있으니까. 앞으로는 엄마가 밀어 줄게.

오디션 팀 사이사이에 댄스, 수화, 연극 같은 동아리 무대가 있다. 우리는 마지막 순서다. 시간이 지날수록 분위기가 올라올 거고 직전 차례가 밴드부 공연이라 다들 15번을 뽑고 싶어 했단다. 무엇보다 주인공은 마지막에 등장하는 법이니까. 윤슬이가 제비뽑기를 했다는데 내 딸이 이렇게나 금손인 줄은 몰랐다.

관객 모드로 몰입해 보는 사이 차례가 다가왔다. 밴드부가 무대를 세팅하는 동안 우리는 몸을 숙여 대기실로 이동했다. 엉금엉금 걷느라 부딪히고 넘어지는 바람에 대기실에 들어가자마자 한참 웃었다. 그러다가 서로 옷을 정리해 주고 첫 동작을 맞춰 보려니 확 실감이 났다. 심장이 마구 뛰고 손끝이 시리다. 이건 긴장했을 때의 내 증상인데.

흐읍흐읍, 후우후우, 흐읍흐읍, 후우후우. 평소보다도 더 느리고 깊게 심호흡을 해 본다. 아, 이럴 줄 알았으면 청심환이라도 챙겨 왔을 텐데. 그때 지민이가 불쑥 초콜릿을 내민다.

"자, 당 충전."

역시 이 구역 간식 왕, 송지민.

밴드부가 익숙하고 신나는 곡들을 준비해 분위기가 좋았다. 흥얼흥얼 따라 부르던 수빈이가 나중에는 목청을 높여 열창한다. 후렴부터는 나도 따라 불렀다. 덕분에 긴장이 조금 풀리려는데 스태프인 학생이 우리를 불렀다.

"다음 차례, 하입보이, 맞죠?"

"아아아악! 맞아요!"

나도 모르게 소리를 질렀더니 언니가, 사실은 뭐 딸뻘이지만, 하여튼 2학년 언니가 어른스럽게 우리를 다독였다.

"긴장할 거 없어요. 리허설처럼만 하면 돼요. 진행자가 소개 멘트 끝에 다섯 명 이름을 다 부를 거예요. 마지막으로, 이민하, 하면 이 계단을 차례로 올라가세요."

우리는 순서대로 계단 앞에 대기했다. 드, 디, 어! 밴드부 무대가 끝나고 박수와 환호가 이어지는데 갑자기 지잉, 하는 이명이 들리더니 주변 소리가 귀에 제대로 들어오지 않았다. 밴드부 장비 정리하는 잡음과 관객석의 응원과 진행자의 멘트가 한데 섞여 웅웅웅 머리를 울린다. 이제 곧 무대에 올라가야 하는데 어쩌지. 급기야 눈앞이 빙글빙글 돈다. 망했다! 내가 윤슬이의 무대를 이렇게 망치는구나.

그때 따뜻하고 작은 손가락들이 내 오른손 손가락 사이사이로 쏙 밀려 들어왔다. 그러고는 내 손을 꼭 쥔다.

"가자! 강윤슬 엄마 모드."

수빈이다. 첫 등교 날, 나를 위로할 때의 그 맑은 눈으로 수빈이가 나와 눈을 맞춘다. 이번엔 윤서가 내 왼손을 잡는다. 울렁거림이 가라앉으며 수빈이부터 시작해 주변까지 점점 선명하게 보였다. 진행자 목소리도 귀에 들어온다.

"1학년 강윤슬, 김수빈, 박윤서, 송지민, 이민하!"

나는 수빈이, 윤서와 손을 잡은 채 계단을 올랐다. 안무를 따라 적어 놓고 밤새 연습하며, 아이들과 웃고 실수하고 북돋우며 들었던 전주가 흘러나온다. 객석에서 한창 변성기를 지나고 있는 거칠고 탁한 목소리들이 혼신을 다해 외친다.

"일 학년 칠 바아아안!"

"뉴진스보다 더 예쁘다아아아악!"

아무 생각도 하지 않았다. 다음 동작을 미리 떠올리지 않았고, 연습하던 시간들을 되새기지 않았고, 축제 이후를 생각하지 않았다.

몸이 자연스럽게 움직이고 마음에 모든 장면들이 새겨진다. 눈부신 조명, 조명 사이로 환호하는 아이들의 실루엣, 윤슬이와 친구들의 이름이 반짝거리는 휴대폰 화면, 무대 위 가벼운 몸짓과 날리는 머리칼, 웃음, 마주치는 눈빛들. 꿈같다. 꿈을 꾸고 있는 것 같다.

"재밌어! 너무 재밌어! 노래 왜 이렇게 짧아?"

넘치는 에너지를 주체할 수 없어 계단을 두 칸씩 뛰어 내려왔다. 진행자들이 마지막 인사를 하고 축제가 마무리될 때까지도 나는 하입보이의 잔상에서 빠져나오지 못했다. 그리고 공연을 무사히 마친 기념으로 뒤풀이를 제안했다.

"노래방 가자, 노래방!"

당연히 동의할 줄 알았는데 다들 난처한 표정이다. 민하가 먼저 대답했다.

"미안. 오늘은 학원 가야 해. 그동안 연습한다고 계속 빠져서."

다른 친구들의 사정도 비슷했다. 수빈이는 더 이상 결석하면 제명이고, 지민이도 오늘부터 주말까지 내내 보충수업을 받아야 한단다. 하긴, 나도 진짜 윤슬이한테는 축제 끝났다고 놀 생각 말고 학원 가라고 했을 거다.

요즘 애들 참 좋겠다고, 재밌게 산다고 너무 쉽게 말했던 것 같다. 없는 시간을 쪼개고, 주말을 포기하고, 경쟁과 압박을 견디며 그 안에서 스스로 작은 즐거움을 만들어 내는 건데. 부러운 마음, 안쓰러운 마음, 기특한 마음이 교차한다. 앞으로는 윤슬이에게, 너무, 음…… 아니, 그래도 할 일은 해야지. 시험 끝난 날이라고 놀고, 체험학습 날이라고 놀고, 축제라고 놀고, 그렇게 다 놀면 공부는 언제 해?

"그래. 노래방은 무슨 노래방. 학원 가자. 축제는 이제 싹 잊고 오늘부터 공부 열심히 하는 거야, 알았지?"

그러다 문득, 원래 몸으로 돌아간 후에는 지금 이 시간들을 기억 못 할지도 모른다는 생각이 들었다. 30년 전에도 그랬다. 일주일이 싹둑, 통째로 사라졌었다. 설마 이번에도 그러면?

"이제 해 짧아졌으니까 일찍일찍 다니자. 학원 끝나면 곧바로 집으로 가. 늦으면 늦는다, 미리 집에 연락드리고. 그리고 급식들 잘 먹고! 식단 마음에 안 든다고 거르고 그러는 거 아니야. 조리사 선생님들이 얼마나 힘들게 준비하시는지 알아? 게다가 너희 지금 한창 클 때잖아. 살 뺄 생각 하지 말고 키 클 생각 해. 알았지?"

수빈이는 알 듯 모를 듯 묘한 표정이고 다른 친구들은 완전히 넋이 나갔다.

"이 급발진 뭐야? 얘 왜 이래?"

"아, 몰라, 어쩔 수 없어. 지금 아니면 얘기할 기회가 없어서 그래. 하여튼 고마워. 너무 고맙다. 덕분에 요 며칠 얼마나 재밌었는지 몰라. 앞으로도 우리 윤슬이랑, 아니 우리 잘 지내자! 집에 놀러 와. 떡볶이 해 줄게."

예전의 나였다면 들키지 않으려 끝까지 조심했겠지만 이제 아니다. 친구들이 이상하게 생각하든 말든 할 말은 해야겠다. 말문이 막힌 친구들 사이에서 수빈이만 대답을 해 주었다.

"그래. 떡볶이 맛있게 해 줘."

교문 앞에 언니가 또 있다. 학교 축제라기에 보호자도 참관할 수 있는 줄 알고 왔단다. 여기까지 온 김에 집에 같이 가려고 기다리고 있었다며 음악 소리가 다 들려 지루하지 않았다고 한다. 결혼 이후에 언니와 이렇게 자주 만나는 건 처음인 것 같다. 오랜 룸메이트 시절도 생각나고 나쁘지 않다.

"네 춤을 못 보다니, 너무 아쉽다."

"못 보여 준 내가 더 아쉽다. 나 이제야 재능을 발견한 것 같아."

"네 몸으로도 되면 그때 얘기하자."

"언니, 춤은 몸으로 추는 게 아니야. 소울로 추는 거지."

"유령이냐?"

나는 유령이나 귀신이 있다고 생각하지 않는다. 당연히 영혼이라든가 정신 같은 것을 몸과 분리해서 생각해 본 적도 없다. 그런데 하필 내게 이런 일이 생겼다. 윤슬이의 몸으로 사는 동안 나는 윤슬이의 마음에 대해서 자주 생각했다. 내 마음에 대해서도.

투닥투닥 걷다 보니 금세 우리 단지에 도착했다. 알뜰장이 서는 날이다. 알뜰장 분식 트럭에는 요즘 흔치 않은 철판 떡볶이가 있다. 밀떡 쌀떡 반반이라 나와 윤슬이의 취향을 모두 만족시키는 데다가 결정적으로 그다지 맵지 않아서 장이 서는 금요일이면 으레 떡볶이로 저녁을 해결하곤 했다.

"우리 여기서 떡볶이 먹고 갈까?"

작은 플라스틱 간이 테이블을 사이에 두고 언니와 마주 앉았다. 언니도 많이 늙었네. 주름지고 홀쭉해진 얼굴이 보기 싫다는 뜻이 아니다. 언니를 생각하면 여전히 호기심과 열정으로 반짝이는 어린애 같은 표정이 떠오르는데, 지금 언니는 너무 어른의 얼굴이다. 어른의 얼굴을 한 언니가 떡볶이를 우물거리며 감탄한다.

"떡볶이는 왜 항상 맛있을까? 마흔이 넘도록 떡볶이를 좋아할 줄은 몰랐지 뭐야."

동감. 마흔이 넘도록 운동화만 신을 줄도 몰랐고, 아이돌을 들을 줄도 몰랐고, 로맨틱 코미디를 좋아할 줄도 몰랐다. 돌이켜 보면 엄마는 우리 나이 때 분명 우리 같지 않았다. 취향도 스타일도 생각도 훨씬 어른스러웠다. 평균 수명이 길어지며 사람들이 점점 늦게 철드는 건가 싶기도 하고, 그냥 계속 다른 종류의 사람들이 태어나는 것 같기도 하다. 그러니까 윤슬이는 나와 전혀 다른 사람이라는 거겠지.

안 그래도 조명이 흐릿한데 떡볶이와 어묵 통에서 김까지 피어올라 시야가 선명하지 않다. 뿌연 천막 안을 가득 채우는 고소하고 달콤한 냄새, 훈훈하고 눅눅한 공기. 튀김이 튀겨지는 소리는 빗소리 같다. 커다란 우산 아래에 앉아 있는 기분이 든다. 계절도, 시간도, 공간도 가늠할 수 없다.

"언니는 그동안 나랑 윤슬이 보면서 무슨 생각 했어?"

"2023년이 되기를 기다렸지."

언니는 소심하고 여리던 동생이 제법 강단 있는 어른이 될 거라는 것을 알고 있었고, 그래서 내가 방황하거나 좌절할 때도 별로 걱정하지 않았다고 한다. 내 키가 중3 때 갑자기 큰다는 것도 알았기 때문에 자기보다 더 커졌을 때도 그러려니 했단다. 내게 강 뭐시기라는 남자친구가 생겼을 때는 저 녀석과 결혼하겠군 생각했고, 여섯 살이나 어린 남자가 차씨라는 이유만으로 운명처럼 느껴졌다고 한다.

"돌아보면 나는 윤슬이에게 들어서 알게 된 미래대로 내 삶을 끌고 갔던 것 같아. 삶이라는 게 머리로는 알면서도 뜻대로 살아지지 않는 것 같기도 하고."

앞의 말은 이해할 수 있었는데 뒷말은 이해가 안 됐다.

"알면서도 뜻대로 살지 못했던 게 뭔데?"

"아버지랑 함께할 시간이 많지 않으리라 짐작하면서도 나중에, 나중에, 그랬어."

그건 모든 자식이 그렇지 않을까. 나도 부모님이 언제까지고 곁에 있어 줄 수 없다는 것을 알면서도 늘 무심했다.

"그리고 내가 윤슬이한테 부자 되는 방법 없냐고 물어봤거든. 중학생밖에 안 된 애가 뭘 알겠어. 강남에 아파트 사라는 소리만 계속 하는 거야. 다른 건 모르겠대. 근데 그때부터 지금까지 내 인생에서 강남 아파트를 살 능력이 되는 순간은 한 번도 없었어. 영끌을 해서, 달러 빚을 내서라도 샀어야 했나, 후회하긴 하지. 근데 다시 돌아가도 못 해. 알면 뭐 해, 돈이 없는데."

하여튼 웃기는 언니다. 미래에서 왔다는 조카에게 부자 되는 법을 물어봤다, 이거지? 내가 웃자 언니도 두 손으로 얼굴을 가리고 웃는다. 윤슬이로 사는 마지막 밤, 다행인데 아쉽기도 하고 기분이 이상하다. 그런데 나로 돌아가는 건 어떤 방식일까. 밤에 잘 준비를 하는데 갑자기? 내일 아침에 눈을 뜨면? 정말 가만히 있어도 나로 돌아가는 게, 맞긴 할까?

온통 축제 생각뿐이다가 이제야 정신이 든다. 언니 말만 믿고, 30년 전의 일만 생각하고, 너무 안일하게 군 것 같다. 세상에 저절로 해결되는 문제는 없다. 게다가 윤슬이는 시간아 흘러라, 하며 보고만 있을 애가 아니고, 윤슬이가 어떤 노력을 했는지 언니는 다 모를 수도 있다.

어쩌다 내가 윤슬이가 되었는지 다시 되짚어 본다. 교통사고 때문이라 해도 일부러 사고를 당할 수는 없다. 그렇다면 윤슬이는 어쩌다 30년 전의 내가 되었을까? 왜 하필 중학교 1학년 그때의 나였지? 작은 미끄럼틀, 집 모양 구조물, 그리고 장난감 시계가 떠올랐다. 빽빽한 시곗바늘을 돌리려 애쓰던 기억도.

"언니, 옛날 그 놀이터 이제 없어졌겠지?"

"너 쓰러졌던 놀이터?"

"응."

"흔적도 없지. 그 동네 재개발됐잖아."

"어디쯤이더라?"

"엄마네 아파트 후문에 교회 있잖아. 그 근처 아닐까? 내 기억에 우리 집 지나서, 소아과 지나서, 오르막 시작되는 데에 놀이터가 있었거든. 근데 엄마네 단지 뒤로 경사가 지더라고."

사라진다고 없었던 것은 아니다. 아무것도 아닌 것은 아니다. 나는 자리에서 먼저 일어서며 말했다.

"언니, 미안. 집에 올라가 있어. 나는 가 볼 데가 있어."

그리고 분식 천막에서 나가며 소리쳤다.

"자세한 얘기는 다시 해! 곧, 셋이, 실컷 하자! 할 수 있겠지?"

엄마 집 주위를 혼자 걷고 있으니 마음이 가뿐하기도 쓸쓸하기도 하다. 한 번도 친정, 우리 집, 이라고 말하지 않았고 그렇게 생각해 본 적도 없다. 내가 자란 우리 집은 이제 없다. 재개발 이후 엄마 혼자 입주한 아파트는 '엄마 집'이다.

내가 결혼한 다음 해부터 본격적인 이주와 건설이 시작되었다. 나이 든 엄마가 한발 물러나 있는 동안 우리 자매가 정보 수집과 고민과 결정과 조율을 다 했다. 재개발 절차들은 복잡했고 여러 차례의 이사는 번거로웠고 언니는 그사이 결혼도 하느라 정말 바빴다. 엄마가 깨끗하고 편한 새 아파트에 사시게 된 건 기쁘지만 그 과정의 고생들을 생각하면 마냥 좋기만 한 건 아니다. 애증의 아파트다.

게다가 요즘은 엄마 집에 자주 가지도 않는다. 명절도 우리 집과 언니 집에서 번갈아 지낸다. 나는 이제 엄마 집 도어록 비밀번호도 가물가물한데 윤슬이는 할머니 집에 잘 간다. 일찍 끝나서, 학원이 휴강이라, 할머니 밥이 먹고 싶어서 연락도 없이 불쑥불쑥 들이닥치는 모양이다. 갔는데 할머니가 없으면 혼자 냉장고에 있는 반찬 꺼내 먹고, TV 보다가 온단다.

"앞으로는 할머니랑 미리 약속하고 가. 남의 냉장고 함부로 뒤지지도 말고."

"손녀가 할머니 집에 가는데 무슨 약속이야? 엄마는 우리 집 들어올 때 약속하고 들어와? 그리고 남의 냉장고라니? 내 할머니 냉장고지."

"가족이라도 기본적인 예의는 지키라는 거야. 사생활을 존중하라고."

"아으, 빡빡해. 어떻게 할머니한테서 엄마 같은 딸이 나왔지?"

"내가 할 소리다. 어떻게 나한테서 너 같은 딸이 나왔니?"

"할머니가 괜찮댔어. 아니, 좋다고 했어. 그러니까 더 이상 뭐라고 하지 마."

아무리 할머니가 자기를 이뻐해도 그렇지, 어쩌면 저렇게 스스럼없을까. 내 딸이지만 신기했다.

30년 전 그때, 사람들이 나를 대하는 태도가 달라졌던 이유를 이제 알겠다. 윤슬이였던 내가 친근하고 귀여웠던 거다. 특히 엄마가 그랬다. 의문의 일주일 이후로 표정이나 눈빛, 말투가 미묘하게 따뜻하고 부드러워졌다. 아, 도시락 반찬도 맛있어졌구나. 문제집도 사 주기 시작했고, 아버지가 혼낼 때 편을 들어 주기도 했네. 그 애정과 존중 덕분에 나는 더 용감하고 여유로운 어른이 된 것 같다. 그러니까 윤슬이가 지금의 나를 만든 셈이다.

윤슬이 보고 싶다. 아파트 조명이 이렇게 예쁜 줄 알았으면, 나무가 이렇게 많은 줄 알았으면, 아직 밤바람이 견딜 만한 줄 알았으면 같이 단지 산책이라도 했을 텐데. 그러고 보니 엄마하고도 이 길을 걸어 본 적이 없다. 윤슬이와 엄마는 걸어 봤을 것이다. 윤슬이는 할머니랑 근처 시장도 가고 카페도 다닌다. 새삼 두 사람 모두에게 고맙다.

후문으로 나오니 언니 말대로 교회가 있다. 교회 본관 건물 옆으로 귀여운 나무 간판이 달린 부설 어린이집이 보인다. 야외 놀이터에는 연두색 시소 하나와 알록달록 스프링 말 두 대, 노란 미끄럼틀, 그리고 미끄럼틀 슬라이드 위에 지붕을 얹은 집 모양 구조물!

홀린 듯 한 발짝 한 발짝 걸어가 미끄럼틀 위로 올라갔다. 구조물 내부는 모양뿐인 가짜 창문과 가짜 시계, 숫자 장식까지 내 기억 속의 미끄럼틀과 같다. 아니 완전히 똑같지는 않다. 색깔이 더 밝고, 사이즈도 분명 더 작다. 그래도 예전 그 미끄럼틀이 단번에 떠오를 정도로 무척 비슷하다.

무릎을 당겨 앉아 본다. 그날 밤에도 이렇게 앉아 있었지. 세상에 나를 소중하게 여겨 주는 사람은 아무도 없다고 생각하면서. 내가 벽에 걸린 달력이나 화분 같다고 생각했다. 없으면 조금 불편하고 허전하겠지만 있으면 있는 줄도 모르는 그런 존재. 언젠가 나를 진짜 아끼고 사랑해 주는 사람이 생길까 궁금했다. 내가 먼저인 사람, 아니 전부인 사람, 나로 인해 존재하고 내가 있어야 살 수 있는 사람, 그런 사람을 만나고 싶었다. 내 간절한 바람이 2023년의 윤슬이를 1993년으로 불러왔던 걸까. 그럼 내가 기다리던 그 사람이 윤슬이인가.

분만실에서의 첫 눈맞춤을 기억한다. 간호사 선생님이 품에 안겨 주었는데 퉁퉁 불은 신생아가 울지도 않고 멀뚱멀뚱 나를 올려다보았더랬다. 내가 잠깐이라도 보이지 않으면 울음을 터뜨리던 아기 시절을 지나, 내 머리칼을 꼭 쥐고 자던 어린이 시절도 지나, 이제 너무 많이 멀어지고 너무 많이 싸우게 됐지만 돌이켜보면 먼저 사과하는 쪽은 항상 윤슬이였다. 카톡창을 가득 채우던 귀여운 하트 이모티콘들. 때로 실망하고 후회하고 도망가고 싶던 내 마음을 윤슬이는 짐작도 못 하겠지. 내가 먼저인 사람, 내가 전부인 사람, 나로 인해 존재하고 내가 있어야 살 수 있는 사람, 윤슬이였구나.

주책맞게 눈물이 고여 얼른 고개를 젖혔다. 사각뿔 모양의 노란 지붕이 어른어른 눈에 들어온다. 눈물을 말리려 눈을 끔뻑이는데 너무 오래 올려다보아서인지 순간 핑, 현기증이 난다. 사각뿔의 꼭짓점이 멀어졌다 가까워졌다 다시 멀어졌다 가까워지기를 반복한다.

아, 이것도 아닌가. 대체 어떻게 해야 2023년으로 갈 수 있는 거야. 이 시계는 그냥 페이크였어? 눕다시피 주저앉아 발버둥에 가까운 발길질을 하는데, 뭐지? 호박죽 교복이 아니라 남색 체육복이네? 구두가 아니라 운동화네? 코트가 아니라 패딩이네? 어? 나네?

나는 그렇게 내 시간으로 돌아왔다. 엄마가 있고, 이모가 있고, 아빠와 망고가 있는 2023년의 겨울로.

엄마도 왜 이런 일이 일어난 건지는 모르겠단다. 매사 이성적이고 논리적인 엄마가 그렇구나, 하고 넘어가는 게 낯설긴 하지만 알아볼 방법이 없는 것도 사실이니까. 우리 두 사람 모두 지난 일주일을 기억하는 것만으로도 엄마는 만족한단다.

엄마도 건강하게 퇴원했고, 내 수행평가와 축제도 잘 해결됐으니 나도 됐다. 친구들에게 의심을 잔뜩 받고는 있지만 뻔뻔하게 잘 우기는 중이다. 물론 기대하고 준비하던 축제 무대를 엄마가 홀랑 가로챘다는 사실은 생각할수록 억울하다. 엄마의 춤이 어땠을지 궁금하고 걱정되기도 하고. 분명 삐걱거렸겠지. 아님 너무 열심인 나머지 오버했을까. 분명 촬영한 친구가 있을 텐데 아직 영상을 수배 못 했다. 꼭! 꼭 찾아내서 내 눈으로 확인하고 말 거다!

아빠는 앞으로 술을 마시지 않는 것은 물론 술병과 술잔에 손도 대지 않겠다고 선언했다. 엄마는 흐뭇하게 고개를 끄덕였고.

"좋은 생각이야. 근데 나는 계속 마실 거니까 내 잔은 잘 채우도록."

"넵. 정성껏 모시겠습니다!"

원래도 힘의 균형이 엄마 쪽으로 살짝 기울어 있었는데 이번 일을 계기로 완전히 넘어갔다. 아빠는 엄마가 움찔, 만 해도 배고파? 불편해? 뭐 필요한 거 있어? 하며 어쩔 줄 모르고, 엄마의 혼잣말에도 즉각 반응한다. 추워라, 하면 곧장 담요를 대령하고 건조하네, 하면 물을 따라다 준다. 웃기기도 하고 왜 나한테는 그렇게 안 해 주냐고 질투하는 척한 뒤 반응을 보는 것도 재밌다.

"엄마는 벌써 아빠 용서했을 거야. 그만 애써도 될 것 같은데?"

"엄마한테 용서받으려는 거 아니야."

"그럼?"

"내 잘못으로 사랑하는 사람을 잃을 뻔했잖아. 앞으로는 엄마랑 윤슬이랑 같이 있는 모든 순간에 최선을 다할 거야."

엄마와 나는 좀 더 끈끈해졌달까 정다워졌달까 그렇다. 서로의 몸과 마음과 시간, 그리고 아빠는 모르는 비밀을 공유한 사이가 됐으니까. 엄마는 나를 마주칠 때마다 콧방울을 잡으며 귀여워, 했다. 물론 30년 전, 정학 기간 동안의 일들을 말하고 또 말하고 또 말하긴 하지만. 하루에 변기를 스무 개씩 닦고, 쓰레기통을 오십 개씩 비우고, 걸레를 백 번 빨았다나. 화장실 청소를 하며 일주일 동안 일곱 번 토했단다. MSG가 약간 첨가된 것 같아 에이, 했더니 엄마는 진짜라고 펄쩍 뛰었다.

"응. 그래. 미안해. 그치만 내가 일부러 그런 건 아니야. 알지?"

"알지. 근데 사고를 그렇게 대차게 쳐 놓고 징계 시작되니까 쏙 빠져나간 모양새라, 의도적인 건 아니었나 의심을 하게 되네?"

"겨우 돌아온 사람한테 그게 무슨 모함이야? 그날 올 수 있을지, 한 달 후에 올 수 있을지, 영원히 올 수 없을지, 나도 몰랐다고."

그리고 수영 이모와 엄마에 대한 할머니의 마음을 전해 주자 엄마는 엄청 놀라는 눈치였다.

"할머니가 그런 말씀을 하셨어?"

"응."

"갑자기 왜?"

"내가 물어봤으니까. 엄마는 왜 나 안 이뻐해요, 하고."

내 대답에 엄마는 순간 굳어졌지만 곧 웃었다. 내가 솔직하고 귀여워 할머니가 순순히 속마음을 털어놓은 것 같다고. 이후로 엄마 인생이 좀 달라진 것도 같다고.

"내 귀여움이 엄마의 인생을 구원했구나."

"너를 귀엽게 키운 엄마 덕분이지."

"그 귀여움으로 엄마의 인생을 구원했잖아."

"그리고 널 그렇게 귀엽게 키운 게 바로 이 엄마고. 이런 걸 순환논법이라고 해. 논리적 오류지. 그러니까 이제 헛소리 그만!"

엄마, 또! 차라리 키워 준 은혜도 모른다면서 등짝을 때려 줬으면 좋겠네. 그리고 선진 이모랑 평생 친구가 된 것도 말하자면 내 덕분이었단다. 중학교 시절 친했던 것은 맞지만, 사는 곳이 먼 데다 서로 다른 고등학교에 배정되었기 때문에 아마도 자연스럽게 멀어졌을 거란다. 하지만 큰일을 함께 저지르고 또 수습하면서 남다른 사이가 됐다고 한다.

"아, 진희는 선생님 됐어?"

"임용고시 준비할 때까지는 연락이 됐는데, 그 이후로 소식이 끊겼어. 연락처 좀 수소문해 봐야겠다. 근데 은근슬쩍 이름을 막 부르네. 진희?"

"내 친구이기도 하니까. 진희 보고 싶다."

서로에 대한 오해와 원망이 최절정이던 순간, 우리는 서로의 삶에 다녀왔다. 덕분에 나는 엄마를 이해하게 되었고, 엄마는 완벽하게 내 편이 되었다. 헤아리려 노력하지 않아도 자연스럽게 상대방의 입장에서 생각하게 되니 서운할 일도 마음 상할 일도 없었다. 혼란스럽고 두려운 시간이었지만, 그런 특별한 경험을 할 수 있어서 다행이라고 생각했다. 엄마가 내 엄마라서 좋았다, 한동안은.

한 일주일 사이좋았나? 좋은 마음은 정말 잠깐이고, 지금은 예전과 비슷한 이유들로 전쟁을 반복하고 있다. 나는 다시 문을 쾅쾅 닫고 엄마는 내가 너무 금세 돌아왔다고 악담을 퍼붓는다. 고생을 좀 더 했어야 했나. 그럴 때면 망고에게 속마음을 털어놓는다.

망고야, 엄마는 왜 저럴까? 문소리 크게 나지도 않았잖아? 엄마도 늦게 와 놓고 나보고는 왜 일찍 들어오래? 망고는 맞장구를 치는 듯 먀아, 대답하기도 하고 동의하지 않는다는 듯 앙, 내 손등을 물기도 한다. 망고와 이렇게 대화가 잘되는 줄 그동안 왜 몰랐지.

아무리 엄마와 딸이라도 매일 매 순간 좋을 수는 없지 않을까.

나는 우리가 서로를 좋아한다고 믿게 됐다. 그거면 됐지.

　이모랑은 그대로다. 이모와 나는 안 그래도 친했으니 이번 일을 계기로 엄청 특별한 사이가 되지 않을까 기대했었다. 이모는 이제 이모이면서 동시에 언니이고 친구이고 과거이자 현재니까. 이모에게만 털어놓았던 비밀, 창 너머가 밝아지는 줄도 모르고 이야기를 나누었던 밤, 떡볶이 천 원어치의 추억, 어색한 팔짱의 순간들을 되새기려 했다. 그런데 이모는 기억을 제대로 못 했다.
　"내가 팔짱을 끼었다고? 아무리 윤슬이 너라고 믿었어도 그렇지, 얼굴이 최수일인데 그럴 수가 있나."
　그래 놓고 아침 등교 전, 한일병원은 같이 갔단다. 정문에서 입원실까지의 동선, 입원실의 침대 배치와 라디오 내용까지 아주 자세히 기억했고, 옆 침대 할머니의 목소리도 비슷하게 흉내 냈다. 순간 나도 긴가민가했다.
　"내가 아침 청소 때문에 일찍 나간다고 둘러대니까 이모가 청소 일정 있는 거 맞다고, 할머니한테 같이 뻥쳐 줬잖아."
　그제야 이모는 뭔가 떠오른 듯했다.
　"맞아. 수일이가 있지도 않은 아침 청소 핑계를 댄 적이 있었어. 그게 수일이가 아니라 너였다고?"
　"응. 입원실 다시 가 봤던 그날. 나 혼자 갔었고, 갔다 와서 자세하게 얘기하긴 했지."

"나는 복도에서 나던 멸치국물 냄새도 기억이 나는데…… 그 날 식단이 멸치국수랬어."

"멸치 비린내 같은 게 나긴 했어. 식단이 멸치국수였대?"

"응. 근데 내가 병원 식단을 누구한테 들은 거지?"

아무래도 30년 사이 이모의 기억들이 자라고 뒤섞이고 바래고 또 일부 사라지면서 새로운 이야기가 된 것 같다. 사람의 기억이라는 게 이렇게 엉뚱하구나.

이모는 나의 비밀을 두 눈으로 목격한 유일한 사람이다. 이모와 나노 단위로 추억을 곱씹으려던 계획은 허무하게 무너졌지만 금요일 아파트 알뜰장에서 떡볶이를 같이 먹기로 했다. 물론 떡볶이는 내가 쏘는 걸로. 세상에 있지도 않은 나를 기억하고, 기다리고, 그리워해 주었으니까.

"근데 이모는 내 말을 믿었어? 정말 말도 안 되는 소리잖아."

"사실 의심했어. 너랑 같이 있을 때도, 네가 사라지고 난 후에도. 그렇게 1년, 2년, 3년, 10년 의심하다 보니까 아, 내가 믿고 있구나 싶더라고. 아예 말도 안 되는 소리라고 생각했다면 금방 잊어버리지 않았을까. 의심한다는 건 믿는다는 뜻인 것 같아. 믿고 싶다는 뜻이기도 하고."

"어쨌든 믿어 준 거네. 고마워."

내가 새끼손가락을 내밀자 이모는 뭐 하는 거냐고 웃으면서도 새끼손가락을 마주 걸고 가볍게 흔들흔들했다. 이모가 그랬어. 우리 미래에서 만나자고. 이렇게 새끼손가락을 걸고 약속했지. 이모가 기억 못 해도 상관없다. 내가 기억하고 있으니까. 그리고 이렇게 미래에서 만났으니까.

할머니 집에 와 있는데 웬일로 엄마가 데리러 왔다. 기분 탓인지 엄마는 할머니에게 살가워 보였다. 할머니를 가볍게 안아 주며 인사를 하고 엘리베이터에 타더니 주차장이 있는 지하층이 아닌 1층 버튼을 눌렀다.

"집에 안 가?"

"갈 데가 있어. 너도 아는 데."

나란히 아파트 단지를 걸으며 엄마는 예전에 여기가 다 1층짜리 주택이었고, 내가 일주일을 지냈던 그 집도 여기에 있었고, 엄마는 그 집에서 태어나 결혼하기 전까지 살았다고 말했다. 골목이 엄청 좁고 복잡한 동네였다고, 그래도 그 골목들을 다 꿰고 있고, 그 골목들이 그대로였다면 지금도 눈 감고 길을 찾을 수 있다고. 상가 1층 편의점 조명이 유난히 환했다. 옛날 할머니 집 앞에는 한아름 슈퍼가 있었지.

"엄마, 나 초코우유 사 줘."

"초코우유? 안 차갑겠어?"

"응. 꼭 마시고 싶었어."

우리는 편의점에 들어가 초코우유와 따뜻한 캔커피를 하나씩 샀다.

할머니와 자주 걸었던 목련길에 들어섰다. 이른 봄이면 매끈하고 하얀 꽃들이 꼭 티슈 같았는데. 지금은 가지만 앙상해 올려다보니 약간 공포 분위기마저 느껴졌다. 나는 엄마에게 나무를 가리키며 물었다.

"엄마, 이 나무가 무슨 나무인지 알아?"

엄마도 나처럼 나무를 올려다보더니 곧 목련, 하고 대답했다. 마른 가지만 보고 어떻게 목련나무인 걸 알았지? 내가 감탄하자 엄마는 팔을 뻗어 낮은 가지 하나를 당겨 보여 주며 말했다.

"여기 겨울눈 달려 있잖아. 이 안에 목련 꽃잎이 겹겹이 들어 있어."

"겹겹이?"

"응. 밀푀유처럼."

엄마 어렸을 때는 겨울눈을 관찰하는 수업이 있었다고 한다. 나무에 달린 여러 종류의 겨울눈들을 따다가 모양, 색깔, 촉감 등을 비교해 보고 절반을 갈라 단면도 살펴보았는데 목련 겨울눈만 기억이 난단다.

"다른 꽃눈들은 작아서 그런지 비슷비슷하고 잘라도 특별할 게 없었어. 근데 목련은 커다랗고 겉에 솜털도 보송하고, 무엇보다 단면이 꽃잎을 차곡차곡 포개 놓은 모양이었어. 꽃봉오리를 축소해 놓은 것처럼. 이 안에 꽃이 들어 있어."

그렇구나. 이 안에 꽃이 있다. 봄이 있다. 내가 겨울눈을 유심히 들여다보니 엄마가 물었다.

"하나 뜯어서 보여 줄까?"

"아, 아니! 싫어. 기다릴래. 나중에 꽃 피면 그때 볼래."

엄마는 쥐고 있던 가지를 놓고 손을 털었다.

"그러자. 엄마도 기다릴게. 꽃 피면 같이 와서 보자."

야만의 시대였다고 말은 하지만 엄마는 어린 시절을 그리워하는 것 같다. 어렸을 때의 일들을 꽤 세세하게 기억하고 있고, 또 자주 이야기한다.

"근데 엄마, 나는 1993년이 그렇게 나쁘지 않았어. 잠깐이라 그랬을지도 모르지만."

"나도 나쁘지 않았어. 좋지도 않았지만. 지금 돌아보니까 나쁜 거지. 좋기도 하고."

"나쁘지도 좋지도 않은 게 나아, 나쁘기도 좋기도 한 게 나아?"

엄마는 한참 생각하다가 대답했다.

"나쁘기도 좋기도 하다는 걸 알게 된 거."

말하다 보니 단지 후문까지 왔다. 길 건너에는 내가 돌아왔던 바로 그 놀이터, 그 미끄럼틀. 횡단보도 앞에서 신호등이 바뀌기를 기다리는데 왜인지 설레고 벅찼다. 엄마도 긴장한 듯 깍지 낀 내 손을 더 꼭 쥐었다.

신호등이 초록색으로 바뀌고, 우리는 천천히 횡단보도를 건넜다. 교회 입구에는 그사이 크리스마스트리가 세워졌고 색색깔의 전구가 반짝반짝했다. 나는 휴대폰을 꺼내 트리 사진을 찍고, 십자가를 찍고, 크리스마스 장식을 구경하는 엄마의 옆모습을 찍었다. 엄마가 휙 돌아보며 손가락으로 V자를 만들어 얼굴 옆에 갖다 댔다. 아, 엄마, 그거 아니야. V는 내리고, 카메라 빤히 보지 말고 좀 자연스럽게! 생각했지만 그냥 엄마가 취한 포즈 그대로 사진을 찍어 주었다.

내가 먼저 놀이터 쪽으로 내려갔다. 엄마는 나를 따라 걷다가 미끄럼틀 앞에 멈춰 섰다. 눈송이 하나가 살랑살랑 내려와 엄마의 어깨에 앉는다.

"어? 눈이다!"

하늘을 올려다보았다. 열심히 두리번거려야 보일 정도로 띄엄띄엄한 대신 눈송이가 망고 털뭉치처럼 커다랬다. 반짝이는 크리스마스트리, 눈 내리는 놀이터, 노랗고 자그마한 미끄럼틀…….. 춥지만 따뜻했다. 모든 게 동화 같았다.

엄마가 한 걸음 다가오며 물었다.

"저 미끄럼틀에 특별한 능력이 있는 걸까?"

"어쩌면?"

"혹시 또 가 보고 싶은 데가 있어? 과거든, 미래든."

나는 고개를 저었다.

"없어. 지금, 여기가 좋아."

"엄마도."

우리는 그 자리에 그대로 서서 미끄럼틀을 구경하다가 돌아섰다. 여전히 눈이 내리고, 크리스마스트리가 반짝이고, 우리는 지금 여기에 함께 있다.

네가 되어 줄게

ⓒ 2024 조남주

1판 1쇄 2024년 6월 13일 | 1판 5쇄 2024년 12월 5일
글쓴이 조남주 | 책임편집 원선화 | 편집 정현경 강지영 이복희 | 디자인 김성령
마케팅 정민호 서지화 한민아 이민경 왕지경 정유진 정경주 김수인 김혜원 김예진
브랜딩 함유지 함근아 박민재 김희숙 이송이 김하연 박다솔 조다현 배진성
저작권 박지영 형소진 최은진 오서영 | 제작 강신은 김동욱 이순호 | 제작처 영신사
펴낸곳 (주)문학동네 | 펴낸이 김소영 | 출판등록 1993년 10월 22일 제2003-000045호
주소 10881 경기도 파주시 회동길 210 | 전자우편 kids@munhak.com
홈페이지 www.munhak.com | 카페 cafe.naver.com/mhdn
북클럽 bookclubmunhak.com | 트위터 @kidsmunhak | 인스타그램 @kidsmunhak
대표전화 (031)955-8888 팩스 (031)955-8855
문의전화 (031)955-3576(마케팅) (02)3144-3243(편집)
ISBN 979-11-416-0094-5 03810

KOMCA 승인필